Dagmar H. Mueller

Ferien für die Chaosschwestern

Dagmar H. Mueller

Ferien für die Chaosschwestern

Mit Illustrationen von
Franziska Harvey

cbj

Bei diesem Buch wurden die durch das verwendete Material und die Produktion entstandenen CO_2-Emissionen ausgeglichen, indem der cbj-Verlag ein Projekt zur Aufforstung in Brasilien unterstützt.
Weitere Informationen zu dem Projekt unter:
www.ClimatePartner.com/14044-1912-1001

FSC www.fsc.org MIX Papier aus verantwortungsvollen Quellen FSC® C014496

Wir produzieren Klimaneutral ClimatePartner.com/14044-1912-1001 Druckprodukt

Verlagsgruppe Random House
FSC® N001967

1. Auflage 2020

Umschlag- und Innenillustration: Franziska Harvey
Umschlaggestaltung: Basic-Book-Design, Karl Müller-Bussdorf
mk · Herstellung: bo
Satz: Uhl + Massopust, Aalen
Druck: GGP Media GmbH, Pößneck
ISBN 978-3-570-17708-2
Printed in Germany

www.cbj-verlag.de
Dieses Buch ist auch als E-Book erhältlich.

Ich bin Tessa-Tiara Martini
und hier erzähle ganz allein ich!

Inhalt

~ 1 ~

Hoch oben im Erfolgshimmel

Ich bin Tessa -Tiara Martini.

Und ich bin Geschäftsfrau.

Es hört sich immer alles so einfach an, wenn man den großen Zeitungen dieser Welt Interviews gibt. Wenn man gefragt wird, wie man es als junge, alleinstehende Frau geschafft hat, in einem Penthouse in Manhattan (New York) jeden Abend Dinnerpartys zu geben und dabei noch mühelos im Vorstand seiner eigenen zahlreichen Multimillionen-Dollar-Firmen zu sitzen. Und vor allem wie man es geschafft hat, sich von diesem Sitz nicht wegdrängen zu lassen.

Um die weltklasse Position zu erreichen, auf der ich mich heute bewege, musste ich einen langen, harten Weg gehen. Ich musste – ohne mit meinen bildhübschen Wimpern zu zucken – viele Steine aus dem Weg räumen, über viele breite Flüsse springen und meterhohe Hürden überwinden. Erst dann konnte ich mir meine Träume erfüllen.

Oh ja, ganz oben im Erfolgshimmel auch zu bleiben, ist nämlich fast das Schwierigste!

Ich sitze – hoch oben in einem anderen Himmel – neben meiner (peinlicherweise schnarchenden) besten Freundin Dodo im Flugzeug und male mir alles genau aus. Die Fragen der Journalisten. Meine wohlüberlegten, distinguierten Antworten. (»Distinguiert« bedeutet *besonders ausgewählt und vornehm.* Dodo und ich haben uns vorgenommen, jede Woche mindestens ein neues Wort zu lernen. Wenn man gewinnen will, muss man auch sprachlich voll auf der Höhe sein.)

Im Leben muss man auf alles vorbereitet sein. Vor allem auf den Erfolg. Jedenfalls, wenn man ihn wirklich will. Denn manchmal kann der einen auch umhauen.

Da wird einem vielleicht – peng – völlig unerwartet an einem einzigen Tag eine Million Euro ins Gesicht gepfeffert (unerwarteter Gewinn einer meiner Firmen), und schon liegt man – krach – mit freudigem Herzschreck rücklings auf der Nase – ähm dem Hinterkopf. Macht sich natürlich nicht so gut vor laufender Kamera. Sieht irgendwie unprofessionell aus.

Deswegen bereiten Dodo und ich uns bereits jetzt

gut vor. Jeden Morgen. Mit Atemübungen und so. Und mit Stretching.

Stretching ist wichtig. *Geschmeidiger Körper, geschmeidiger Geist.* Das ist eine von Dodos und meinen goldenen Regeln.

Und nichts hilft besser als regelmäßiges Atemtraining, um in absolut JEDER Situation kontrolliert zu handeln und immer die Ruhe zu bewahren. Ob wir zur weltweiten Business-Lady des Jahres ernannt werden oder ob wir durch Fehlinvestitionen pleitegegangen sind.

Letzteres passiert uns natürlich NICHT! Denn Dodo und ich, wir werden sensationell erfolgreich sein. Egal, was wir tun. Ich weiß es genau.

Doch den vollen Durchmarsch können wir im Moment natürlich noch nicht machen. Jetzt sind Dodo und ich noch mitten auf diesem steinigen Weg, den man eben gehen muss, BEVOR man in seinem Manhattan-Penthouse in einem Jacuzzi baden kann. Und bevor einem der britische Butler dort einen frisch gepressten Fruchtcocktail reicht und höflich fragt, ob er schon mal die Handtücher für die tägliche Rückenmassage anwärmen darf.

Ja, gerade jetzt zum Beispiel springe ich sogar mal wieder über einen sehr, sehr breiten Fluss.

Okay, es ist ein Kanal. Aber immerhin ein britischer. (Wenn auch zurzeit noch kein Butler zu sehen ist.)

Denn auf der anderen Seite des Kanals liegt England. Und ich fühle es genau: Das ist ein Anfang!

Wer weiß, wen wir alles auf der britischen Insel kennenlernen werden!

»Rfff-hmpffff-pfffff…«, schnorchelt Dodo, die Gute, neben mir.

~ 2 ~

Gepackte Koffer für Cornwall

Zwei von den Steinen, die mich auf meinem sonst schnurgerade vor mir liegenden Weg zum Welterfolg ab und zu stolpern lassen, heißen Iris und Cornelius und sind meine Eltern.

Okay, ich schätze, die meisten haben die Art von Eltern, die einen auch mit sechzehn noch zwingen, vor Mitternacht zu Hause zu sein, bloß, weil sie selbst sonst nicht einschlafen können. Ich habe allerdings den Verdacht, dass Iris wunderbar schliefe, wenn Cornelius nicht gelegentlich am Rad drehen würde. Was er nämlich gerne tut, wenn bei ihm die Angst aufflammt, eine seiner Töchter könne irgendwo verloren gehen.

Als ob ich – oder eine meiner Schwestern – jemals verloren gehen!

Iris und Cornelius halten sich für total moderne Eltern.

Er sei Hippie im Herzen, erzählt uns Cornelius zum Beispiel ständig. Auch, wenn er heute zum Glück kein Stirnband oder ausgefranste Jeansjacken mehr trägt. (Hat er aber früher – ich hab Fotos gesehen!) Ich hab schon mehrere Male sehr freundlich versucht, ihm zu erklären, dass diese Bemerkung nicht unbedingt überall zu seinem Vorteil ankommt.

Okay, Hippies sind ja dafür bekannt, dass sie gute Sachen wollten. Also – keine Kriege, keine Waffen, stattdessen Liebe und Gleichberechtigung und genug Essen für alle in der Welt – und all so was.

Und – bingo – so tickt Cornelius wirklich. Er ist der liebste Vater, den man haben kann.

Meine Eltern sind zwar mittelschwer verrückt und haben komische Berufe, aber eigentlich sind die beiden auch nicht wirklich übel. Ich nehme an, wir hätten es schlechter treffen können. Iris schreibt Kitschromane und Kochbücher und Cornelius trommelt.

Ja, ehrlich, er trommelt. Sonst nix. Das macht er in einer Rockband, die – laut Cornelius – kurz vor dem Durchbruch steht. Genau dort – also vor dem Durchbruch – steht Rainbow (so heißt Cornelius' Band) allerdings schon seit ungefähr dreißig Jahren. Und die Vermutung liegt nahe, dass sie genau dort auch die nächsten dreißig Jahre noch stehen wird. Cornelius stört das allerdings nicht. Er findet, ein Beruf müsse vor allem Berufung sein und nicht nur etwas, was vernünftig aussieht. Und weil er sich nun mal zum Drummer berufen fühlt, trommelt er weiter. Und irgendwie ist das ja eigentlich richtig toll. Ich finde nämlich, genau das sollte man machen im Leben.

Dodo und ich fühlen uns ja auch berufen. Und zwar zum Erfolg!

Also, so ganz normal sind meine Eltern vielleicht nicht. Auf der anderen Seite sind sie in vielen Dingen aber oft genauso stinknormal wie alle anderen Stinknormalo-Eltern auch. Ich meine die Art Eltern, die einen ständig ermahnen, auch genug *Vitamine* zu essen. (Als ob Dodo und ich auf so was nicht selbst achten würden! Jeder Mensch weiß doch, wie wichtig Vitamine für eine bezaubernd strahlende Haut sind. Dodo und ich wollen ja schließlich nicht aussehen wie graue Schrumpelmäuse!) Oder die Art Eltern, die immer noch kontrollieren, ob man auch früh genug das Licht ausmacht, damit man am nächsten Morgen fit ist. Oder Eltern, die einen, während man seinen Koffer packt, fragen, ob man auch an genug warme Socken zum Wechseln gedacht hat.

Ich meine, *Socken*? Wer, bitte, trägt denn in High Heels Socken? Sinceramente, also ehrlich!

Und überhaupt – ich bin sechzehn! Da werde ich ja wohl allein einen Koffer packen und vor allem selbst entscheiden können, was ich mitnehme. Dass Mütter einen bis ins hohe Erwachsenenalter immer noch bevormunden wollen – tssss!

Um Iris ruhigzustellen, hab ich aber zumindest ein Paar eingepackt. (Obwohl das für einen Sommerurlaub natürlich der reine Blödsinn ist.) Ganz entzückende, hauchdünne Seidensöckchen. Herrlich kühl auf der Haut. Vielleicht trage ich die mal mit meinen nagelneuen, schneeweißen Tennisschuhen. Dodo und ich haben uns nämlich vorgenommen, uns vorbildlich an die lokalen Gegebenheiten anzupassen. Schließlich haben wir ja einen Urlaub auf dem Land vor uns. Da muss man natürlich ein bisschen sportlicher auflaufen, als wir das zu Hause gewohnt sind.

Zum Glück sind Dodo und ich in dieser Hinsicht totalmente flexibel. *Immer an die Umwelt anpassen, aber natürlich nie die Vorbildfunktion vergessen!*, ist eine andere von unseren goldenen Regeln. (Eine Lady muss IMMER Vorbild sein.)

Hach, es ist so mucho estupendo, so klasse, dass Dodo mitkommen darf nach Cornwall!

Iris und Cornelius haben nämlich einen mittelschweren Familientick. Sie wollen immer alles mit allen aus unserer Familie zusammen machen, vor allem mit all meinen Schwestern.

Von Schwestern hab ich übrigens reichlich, nämlich drei. Livi, Malea und Kenny. Und nun sitzt womöglich noch die vierte Schwester in Iris' Bauch und wartet darauf, ebenfalls in diese verrückte Familie geboren zu werden. (Vielleicht sitzt dort allerdings auch ein kleiner Bruder.)

Iris ist schwanger. Ende Dezember werden wir ein Weihnachtsbaby in unserer Familie haben – hurra!

Aber jetzt haben wir erst einmal Sommer.

Ferien!

Alle zusammen. Natürlich auch mit Rema, unserer REnate-oMA. (Beste Rema der Welt!)

Besonders die Schulferien, finden Iris und Cornelius nämlich, sollten »Familienzeiten« sein, in denen wir »Erinnerungen fürs Leben« machen.

Hahaha, *Erinnerungen fürs Leben*! Alles, was wir mit meiner Familie machen, kann gar nichts anderes sein. Wenn man meine Familie überlebt, überlebt man alles.

Nur bei Mimi, Hugo und Aurora fanden Iris und Cornelius plötzlich, dass doch nicht alle Familienmitglieder mitkommen müssen! Mimi ist unsere Katze, Hugo unser junger Hund und Aurora unser stadtbekanntes Huhn. Ich glaube, Katzen fahren nicht gern in andere Länder, deshalb ist Mimi jetzt für zwei Wochen bei der alten Frau Büntig, der sie früher auch gehörte. Darüber freuen sich beide.

Aurora musste natürlich ebenfalls zu Hause bleiben und wird jetzt netterweise von Dodos Eltern betreut. Hugo dagegen durfte schließlich doch mitkommen.

Aber nur, weil Malea in den Hungerstreik getreten ist. Dass Hugo mitkommen darf und Aurora nicht, fand Kenny, meine kleinste Schwester (sie ist acht), tooootal ungerecht. Sie wollte ihr Lieblingshaustier auch mitnehmen dürfen. Deswegen ist sie ebenfalls sofort in den Hungerstreik getreten. (Kenny und Aurora sind unzertrennlich. Best friends forever!)

Hungerstreiks fallen einem in unserem Haus übrigens nicht ganz so schwer, wie man vielleicht annehmen könnte. Wenn man vor den bizarr duftenden Gerichten meiner aus Leidenschaft kochenden Mutter Iris sitzt und geduldig all die Gänseblümchen, Lakritzstückchen und Rotkohlblätter aus dem Milchreispudding rausgepult hat, hat man sowieso nur noch begrenzten Appetit. (Manchmal allerdings haben wir auch Glück, und es gibt Fischstäbchen und Kartoffelpüree, weil Iris gerade keine Zeit hat. Oder Rema kocht, und das sind sowieso Glückstage.)

Der erste Teil von Kennys Hungerstreik dauerte genau dreieinhalb Stunden. Dann kamen Rema und Walter Walbohm von nebenan zu uns ins Haus und brachten frisch gebackenen Kuchen mit. Kenny futterte sieben Stücke, trat aber danach sofort wieder in den Hungerstreik. Da ist sie konsequent. Wenn Kenny etwas will, dann zieht sie das auch durch!

Der zweite Teil ihres Hungerstreiks dauerte zwei Stunden. Dann gab es Abendessen, und zwar Spaghetti. (Da stören die Gänseblümchen, Lakritzstückchen und Rotkohlblätter meistens nicht ganz so, denn Iris macht tatsächlich eine superleckere Gemüsesoße dazu.)

Doch obwohl Kenny ihren Hungerstreik tagelang bewundernswert durchhielt, ließen sich Iris und Cornelius nicht erweichen. Aurora musste zu Hause bleiben.

Irgendwann schien dann sogar Kenny eingesehen zu haben, dass Hühner vermutlich am liebsten zu Hause sind. (Obwohl die Lieblingsbeschäftigung unserer Aurora ja Ausflüge in die Stadt sind. Sie ist ein äußerst lebenshungriges Huhn.) Deswegen hat sie endlich Ruhe gegeben.

Und vor ein paar Stunden ist meine kleinste Schwester brav mit Iris, Cornelius, Malea, Rema und Walter Walbohm in unser riesiges, riesiges Siebensitzer-Auto gestiegen und mit einer Menge Gepäck schon in allerfrühester Morgenfrühe (Dodo und ich lagen noch im Bett) nach England abgefahren. Heute Mittag werden sie auf einem Autozug durch den Eurotunnel rollen und dann Kurs auf Cornwall ganz im Westen von England nehmen. Für Dodo und mich war kein Platz mehr im Auto, deswegen dürfen wir fliegen.

Ja, Walter Walbohm, unser Nachbar und Remas neuer Lebenspartner (sie ist sogar schon bei ihm eingezogen), kommt auch mit. Was Iris und Cornelius nämlich genauso wichtig ist, wie mit uns allen zusammen zu sein, das ist, dass wir alle glücklich sind. Deswegen haben sie nicht nur ein großes Cottage in Cornwall für unsere Ferien gemietet, sondern ein SEHR großes.

Also darf Rema nicht nur ihren Walter dabeihaben, sondern meine Schwester Livi darf auch ihren herzallerliebsten Gregory mitnehmen. (Das allerdings führte dazu, dass nun auch Gregorys Eltern Sibylle und Gerold – die außerdem unsere anderen Nachbarn sind – mitkommen, weil die nämlich auch total auf »Familienzeit« stehen und nicht ohne Gregory Urlaub machen wollten.) Ich darf Dodo mitnehmen. Und mein Freund Javier und Dodos Freund Ramón kommen mit der Fähre aus Spanien auch noch angereist. Mit den beiden treffen Dodo und ich uns später und fahren dann zusammen in Javis Auto nach Cornwall.

Livi und Gregory fahren mit Gregorys Eltern, Sibylle und Gerold, zusammen in deren Auto. Sibylle und Goldi haben für sich allerdings ein Zimmer in einem kleinen B&B – das ist eine Pension mit Frühstück – gebucht. (Ich gehe mal davon aus, dass die Vorstellung, mit uns allen im selben Haus zu wohnen, ein bisschen viel für sie war.) Trotzdem werden wir bestimmt einiges zusammen unternehmen.

Ich vermute allerdings, dass Kenny doch noch ein kleines bisschen sauer ist, weil sie Aurora eben NICHT mitnehmen durfte. Auch, wenn sie das heute Morgen nicht gezeigt hat. Aber – honesto, ehrlich – was sollte ein deutsches Huhn auch in einem Ferienhaus in Cornwall zu suchen haben? Als ob Hühner in den Urlaub fahren, hahaha!

~ 3 ~

Ein cooler Typ im Flugzeugsitz

Ich schaue aus dem kleinen Kabinenfenster auf die weißen Wattewolken unter uns und durch die Abstände dazwischen runter aufs Wasser. Sind das da ganz unten Schiffe? Hätte gar nicht gedacht, dass man die so gut von hier oben erkennen kann.

»Guck mal, Dodo, da unten sind …«

Honesto, also ehrlich, Dodo schnarcht noch immer!

Der niedliche Typ da auf der anderen Seite des Flugzeugs zwei Reihen vor uns guckt schon ganz komisch.

»Dodo!« Ich stoße meine allerliebste Freundin sanft, aber energisch in die Seite. »DODO!«

»Wiiiiiep!«, macht Dodo und reißt ihre Augen erschrocken auf. »Was ist? Stürzen wir ab?«

»Ja, leider«, nicke ich mit bedauerndem Gesichtsausdruck. Schließlich möchte ich sichergehen, dass sie wach bleibt.

»NEIIIIN!«, quietscht Dodo panisch.

Der süße Typ guckt schon wieder. Und – hihi – grinst er jetzt?

Also – Dodo ist ja naturalmente perfecto, perfekt, schließlich ist sie meine beste Freundin. Aber auch der perfekteste Mensch hat natürlich hier und da Seiten, die noch – ähm, sagen wir mal – verbesserungsfähig sind. Bei Dodo sind es ihre gelegentlich etwas – hm – übertriebenen Reaktionen. Bloß, weil ich ihr mitgeteilt habe, dass das Flugzeug abstürzt, braucht man ja wohl nicht gleich hysterisch werden! Und vor allem nicht so zu quietschen, dass die ganze Maschine zusammenzuckt. Caramba – Donnerwetter noch mal, wir sind schließlich Ladys!

»Leise!«, raune ich ihr zu. »Wie sieht denn das aus!«

»Was – was – *was*?«, fiepst Dodo wie ein kleines Mäuschen und schaut mit großen Kulleraugen aus dem Fenster. Vor dem sich ganz herrlich der weite knallblaue Himmel auftut, durch den wir sanft und sicher gleiten. Danach glotzt sie runter aufs Wasser.

Und dreht sich mit vorwurfsvollem Blick zu mir. »Wir stürzen ja gar nicht ab!«

Ich gucke entrüstet zurück. »Also, jetzt gib noch *mir* die Schuld dafür!«

Dodo sieht aus, als wisse sie nicht genau, wie sie nun gucken soll. Dann kichert sie. »Blöde Kuh!«

»Selber blöde Kuh!«, sage ich und giggele auch ein bisschen.

Hahaha, Dodo ist so leicht auf den Arm zu nehmen!

Der Typ zwei Reihen vor uns grinst ebenfalls. Als ich zu ihm rübergucke, dreht er seinen Kopf allerdings schnell wieder zurück in Flugrichtung.

Ich stoße Dodo noch mal unauffällig an, nicke nach vorn und wispere in süß summender Bienenlaustärke: »Hast du *den* da gesehen?«

Dodo rollt mit den Augen. »Tessiiiie! Fang jetzt bitte nicht wieder an …!«

KRACH! Da kriegt Dodo aber sofort meinen linken Ellenbogen in den Bauch. Was soll denn das, hier mit uralten Geschichten anzufangen? Was hätte der Typ denn von mir denken sollen, wenn Dodo munter weitergeplappert hätte?

Hat sie aber zum Glück nicht. Stattdessen jammert sie und reibt sich die Magengegend. »Au-iiii! Echt, Tessie, spinnst du?«

»Hmmmpf«, mache ich missbilligend.

Das sollte wohl Antwort genug sein!

Ehrlich, honesto, ich liebe meinen Javi von ganzem Herzen. Aber deswegen werde ich ja nicht jedes Mal die Augen senken müssen, bloß, weil vor mir ein anderes hübsches Exemplar der männlichen Hälfte der Weltbevölkerung auftaucht. Und bloß, weil ich damals mit Henry mal ein klitzekleines Küsschen …!

Ich hab meine Lektion gelernt. Das hat Javi nämlich ziemlich wehgetan damals und das wollte ich wirklich nicht. Werde ich also nicht wiederholen. Aber gucken und lächeln und vielleicht ein bisschen quatschen ist ja wohl noch erlaubt!

»Wehe, du fängst an, mit dem zu flirten!«, zischt mir meine beste Freundin ins Ohr.

Flirten?

Wo ist eigentlich die Grenze zwischen Flirten und Reden? Gibt's da eine Grenze? Gibt's da überhaupt einen Unterschied? Man will als Lady von Welt ja schließlich nicht unhöflich oder abweisend rüberkommen. Ich meine, wenn ich in ein Geschäft gehe, um was zu kaufen, und ich lächele den Typen hinter dem Tresen freundlich an und mache ein bisschen Small Talk, um den Ärmsten aufzuheitern – schließlich muss er den ganzen Nachmittag drinnen hocken –, ist das dann schon flirten? Eine echte Lady hat schließlich immer ein dezentes Lächeln auf den Lippen. (Außer, sie hat sich gerade ein Bein gebrochen oder so. Obwohl ich persönlich finde, dass auch Sanitäter ein freundliches Gesicht verdient haben.) *Höflichkeit macht das Leben hübscher!* Ebenfalls eine von meinen und Dodos goldenen Regeln.

»Weißt du noch«, wispert Dodo über die Lautstärke der Flugzeugmotoren hinweg zu mir rüber, »als du damals immer Max aus der Oberstufe … Du weißt schon, Max, der nachmittags in diesem Käsegeschäft gejobbt hat! Und du hast jeden Tag …«

»Delikatessengeschäft«, korrigiere ich Dodo. »Das war dieser süße kleine Deli, der dann irgendwann zugemacht hat.«

»Wie auch immer!«, grunzt Dodo in mein Ohr.

Oink! Hallo? Soll das *flüstern* sein? Ihre Stimme knallt in meiner Gehörmuschel, als hätte sie eine aufgeblasene Papiertüte platzen lassen.

»Weißt du noch, als du dem armen Kerl hinter seiner Käsetheke total den Kopf verdreht hast?«, quiekt Dodo weiter. »So sehr, dass er dir irgendwann einen Liebesbrief geschrieben hat und du ihm dann erklären musstest, dass das alles gar nicht so gemeint war?«

»Blödsinn!« Jetzt grunze ich auch mal. »Das war totaler Käse! Der hatte das alles inmitten von all diesem Quarkgebäck völlig falsch verstanden! Wahrscheinlich war sein Gehirn schon mittelschwer käsig geworden.«

Dodo guckt mich empört an. »Uns lächeln Jungen doch auch oft an.«

Ich nicke.

»Und dann sagst du, dass die garantiert ein Auge auf uns geworfen haben«, setzt Dodo nach.

Jetzt gucke aber ich empört. »Naturalmente haben sie das, natürlich! Welcher Junge würde *uns* wohl anlächeln, ohne uns näher kennenlernen zu wollen, sondern nur, weil er unsere Hausaufgaben abschreiben will oder so was?« (Ich meine, so talentiert Dodo und ich zweifellos sind, aber Hausaufgaben gehören nicht unbedingt zu unseren Stärken.)

»Eben!«, meint Dodo. »Genau mein Punkt!« Erst dann kichert sie. »Du bist unmöglich, Tessa!«

Ich drehe meinen Kopf nach links, schaue aus dem Fenster und denke ein paar Sekunden darüber nach.

»Man kann ja wohl noch mal *ganz belanglos ein paar Worte wechseln*!«, muffele ich dann in die weißen Wattewolken hinein.

Doch Dodo hört gar nicht mehr hin. Denn gerade kommt die Durchsage zum Landeanflug: »Bitte anschnallen! Wir werden in etwa zehn Minuten in London Gatwick landen. England begrüßt uns sonnig mit Temperaturen um die fünfzehn Grad. Wir hoffen, Ihnen hat der Flug gefallen, und wünschen Ihnen noch …«

»*Fünfzehn Grad?*«, quietscht Dodo. »Haben diese Briten sich in der Jahreszeit vertan?«

Ich sehe, wie der süße Typ sich seinen grünen Parka (sehr trendy!) aus dem Gepäckfach über uns angelt.

Dodo und ich ziehen uns unsere dünnen Seidenboleros etwas fester um die Schultern.

Warum hat Iris uns eigentlich nicht gesagt, dass wir Winterjacken einpacken sollen? Mütter!

~ 4 ~

Lästiger Stöckelschuhunfall

Cornwall soll unheimlich hübsch sein. Es liegt ganz im Südwesten der britischen Insel und ist eine lange Landzunge, weit ins Meer hineinragend. Es hat also Küsten in drei Himmelsrichtungen und dementsprechend viele Strände. Außerdem soll es die wärmste Gegend von Großbritannien sein. Hat jedenfalls Gregorys Vater Gerold behauptet. Und der muss es wissen, schließlich hat er mal in England gelebt. Deswegen ist das bestimmt nicht gelogen. Außerdem ist Goldi nicht nur Gregorys Vater, sondern auch der Direktor unserer Schule. Ich vermute, schon allein deswegen lügt er ziemlich selten.

Was aber, wenn dieses Großbritannien nun überall die reinsten Kühlschrank-Temperaturen hat? Dann könnte Cornwall natürlich auch mit sieben Grad noch die wärmste Gegend des Landes sein.

Ayuda – Hilfe! Wer hatte eigentlich diese Idee mit England? Warum sind wir nicht, wie letzten Sommer, nach Spanien gefahren? Ich liiiiebe Spanien. Schließlich haben Dodo und ich dort Ramón und Javier kennengelernt.

Dann denke ich an all die schönen Klamotten, die wir im Koffer haben … Was, wenn die nicht ansatzweise warm genug für dieses Eisland sein werden? Nicht mal, wenn wir fünf Schichten übereinander tragen? Wir werden hier doch nicht erfrieren?

Ich merke, wie mein Herz sinkt.

»Wie weit sind die Britischen Inseln eigentlich vom Nordpol entfernt?«, frage ich vorsichtig.

Dodo und ich stehen an der Kofferausgabe im Flughafengebäude und warten geduldig mit den anderen Passagieren der Maschine auf unsere Sachen.

Dodo zuckt mit den Schultern. »Keine Ahnung! Meinst du, wir hätten das lieber auf dem Globus checken sollen?«

Sie sieht ebenfalls etwas fröstelig aus.

Ich seufze. »Jetzt ist es jedenfalls zu spät dafür.«

Mister Grinsegesicht steht nicht weit von uns entfernt und fummelt auf seinem Handy rum. Nun guckt er hoch und lacht. Laut und frech und direkt in unsere Richtung. Ich kann nicht anders, als zurückzulächeln. Hihi, der Typ ist einfach zu süß!

Als wir kurze Zeit später mit unseren Koffern im Schlepptau zum Ausgang stiefeln (Dodo und ich tragen beide ganz entzückende Stiefeletten in Altrosa, die ganz hervorragend zu unseren hellgrau glänzenden Tops passen. Sehr bequem. Die Absätze sind kaum zehn Zentimeter hoch und deswegen für jede Reise bestens geeignet), sehen wir nicht weit von uns den Grinsetypen eine Frau begrüßen. Dem Verhalten nach zu urteilen scheint das seine Mutter zu sein.

»Guck mal!«, wispere ich zu Dodo rüber und stoße sie an. »Da vorne ist wieder dieser …«

»Tessiiie – Mann! Stoß mich doch nicht dauernd an!«, quietscht Dodo nicht sehr ladylike, wackelt komisch und … geht zu Boden.

Das kann ja wohl nicht mein winziger Schubs gewesen sein!

Natürlich nicht.

Als Dodo sich wieder aufrappelt, hält sie einen Absatz in der Hand. »Maldita sea! So ein Mist!« Wütend starrt sie das Ding an. »Abgebrochen! Beim ersten kleinen Kippler!«

Fassungslos schüttele ich den Kopf. »Die Marke kaufen wir nie wieder!«

»Nie wieder!«, wiederholt Dodo böse.

Ich schiele unauffällig nach vorne. Naturalmente – natürlich! Da steht der Typ und grinst. Breit und anscheinend ohne schlechtes Gewissen.

Jetzt sagt er was zu seiner Mutter und kommt dann …

Ayuda – der kommt auf uns zu!

»Dodo!«, kann ich gerade noch meine beste Freundin warnen. »Haltung!«

Dodo versucht, so gut sie kann, ihr Gleichgewicht irgendwo in der Mitte eines hohen Schuhs und eines überhaupt gar nicht hohen Schuhs zu halten.

»Hallo!«, grüßt der Typ, als er uns erreicht hat. »Ich bin Tim, ich will nicht weiter stören, ich wollte nur …« Er guckt jetzt nur noch mich an, und nicht mehr Dodo. »Ich wollte dir nur kurz was geben.«

Geradezu umwerfend sein Lächeln! Von einem Ohr zum anderen. Wunderbar strahlende Zähne hat er auch. Und ein kleines Grübchen links neben dem einen Mundwinkel. Und …

Ich kann mich leider nicht weiter auf dieses ausgesprochen ansprechende Gesicht konzentrieren, denn er hält mir einen kleinen Zettel hin.

Automatisch nehme ich ihn entgegen.

»Äh, okay …?«, antworte ich in starkem Frageton, um ihm Gelegenheit zu geben, ein wenig näher zu erklären, was dieser Zettel soll.

»Falls du mal Lust hast …« Er grinst noch breiter. »… *ganz belanglos ein paar Worte* MIT MIR *zu wechseln*!«

Wie jetzt? Was ist das denn für ein dämlicher Spruch?

Dann dämmert es mir …

Frechheit! Der hat genau das wiederholt, was ich eben im Flugzeug zu Dodo gesagt habe. Ich meine, geflüstert habe. Cool bleiben! Eine Lady ist immer cool.

Dodo neben mir hat die Augen allerdings weit aufgerissen. Caramba, da muss ich nachher wohl mal ein paar Takte mit Miss Unschuld reden! Die sieht ja aus, wie ein verschrecktes Häschen. Der Typ muss ja denken, dass wir nie von fremden Jungs angesprochen werden.

Ich schaue auf den Zettel. Ich nehme an, die Zahlen, die er dort raufgekritzelt hat, sind seine Telefonnummer. Darunter steht ein Name. Ich gucke beides nur halb an.

Tssss, was denkt der eigentlich? Dass ich nur darauf gewartet habe?

»Danke«, sage ich betont ruhig und freundlich. »Ich steck sie dann zu den anderen Nummern.«

Bingo! Nun grinst er das erste Mal nicht mehr.

Tja. Kleine Lektion muss sein. Ehrlich, was denken sich diese Typen? Bloß weil man freundlich ist!

Ich drehe mich um und ziehe Miss Humpelhäschen energisch hinter mir her.

»Wir haben's leider eilig«, werfe ich Smiley-Boy zum Abschied über die Schulter zu.

»Verstehe«, ruft er zurück und sieht dabei ein ganz kleines bisschen belämmert aus.

Geschieht ihm recht. Jungen müssen verdammt noch mal lernen, nicht jedes Lächeln als Aufforderung zu betrachten! Bloß weil ich ein paar Blicke mit ihm gewechselt habe, hab ich ihm noch lange keinen Freifahrtschein gegeben!

Und außerdem haben wir's tatsächlich eilig. Wir müssen nämlich den Zug nach Portsmouth rechtzeitig erwischen.

Portsmouth ist eine Hafenstadt im Süden von England, und dort werden wir Javi und Ramón von der Fähre abholen, mit der sie aus Spanien anreisen.

~ 5 ~

Cappuccino-Zeit in Portsmouth

»Woher weißt du überhaupt, dass dies der richtige Weg zu unserem Zug ist?« Dodo, die Ärmste, hinkt auf ihren ungleichen Absätzen keuchend hinter mir her.

»Weil da hinten ein Schild mit einem Pfeil war, auf dem TRAINS stand«, rufe ich ihr zu, während ich meinen Koffer auf ein Laufband hieve. »Und das ist ja wohl das englische Wort für *Züge*.

Diese Laufbänder sind eine prima Erfindung. Hinstellen und einen guten Kilometer ohne Anstrengung weitergetragen werden. Dabei kann man auch schnell noch mal den Lippenstift nachziehen. Man sollte natürlich einigermaßen fest auf seinen Beinen stehen können.

»Vorsicht!«, rufe ich und reiche Dodo schnell meine Hand.

Die arme Maus kippelt schon wieder.

»Du kannst dir ja im Zug andere Schuhe aus dem Koffer holen«, versuche ich, sie zu trösten.

»Das waren meine einzigen warmen«, jammert Dodo. »Sonst hab ich nur Sandalen mit.«

Genervt schaut sie durch die große Fensterfront nach draußen und im selben Moment verdüstern sich ihre Augen… In Harmonie mit dem Himmel draußen. »Und jetzt guck dir DAS an!«

Oh, nein! Da verdüstern sich allerdings auch meine Augen. Denn gegen die Glasscheiben klatschen dicke, fette Regentropfen. Das Wetter scheint sich in diesem Land schneller zu ändern, als man seine Schuhe wechseln kann.

»Maldita sea!«, flucht Dodo das zweite Mal innerhalb einer halben Stunde.

Und Mist ist das ja wohl wirklich. Ich meine, Sommerurlaub? Hallooo?

Nicht mehr ganz so gut gelaunt, erreichen wir den Bahnhof neben dem Flughafen und finden sogar problemlos den richtigen Zug nach Portsmouth.

»Immerhin sind wir voll professionell organisiert«, lobe ich uns beide, als wir in die Bahn steigen.

»Das sind wir!«, stimmt Dodo mir zu und lässt sich erleichtert auf einen freien Sitz fallen.

Als der Zug sich in Bewegung setzt, schaue ich zur

Uhr. »Und wir fahren sogar pünktlich ab. Das heißt, wir werden um zwei in Portsmouth sein. Javis und Ramóns Fähre kommt um halb vier an, das bedeutet …« Ich lächele Dodo aufmunternd an. »… wir haben sogar noch Zeit für einen kleinen Cappuccino. Hat Portsmouth nicht auch einen Strand?«

Als wir im Bahnhof *Portsmouth Harbour* einrollen, ist der Himmel so blau, wie ein Himmel nur sein kann. Also das Wetter hier ist wirklich ein bisschen *funny*! (Ich versuche, mich schon mal an die englische Sprache zu gewöhnen. Dodo und ich sind ja sonst eher spanisch eingestellt.)

»Wir sind sooo gut!«, ruft Dodo, nachdem wir es mit unseren beiden Koffern (fast) problemlos auf den Bahnsteig geschafft haben. (Dodo trägt inzwischen andere Schuhe und hat beim Aussteigen nur ganz wenig gekippelt.)

Portsmouth hat nämlich nicht nur einen Bahnhof, sondern drei. Tja, da muss man schon so clever sein wie wir, dass wir mühelos den richtigen rausgepickt haben!

Zufrieden gucken wir uns um.

»Guck, da hinten sind Schiffe«, meint Dodo, »das muss der Hafen sein.«

»Was ist jetzt mit unserem Cappuccino?«, frage ich. »Wir haben noch über eine Stunde Zeit.«

»Was ist DAS denn?« Dodo zeigt auf ein extrem hoch

aufragendes Gebäude nicht weit von uns. Es sieht ziemlich futuristisch aus. Irgendwie wie ein Segel mit einer langen, dünnen Spitze.

Es stellt sich heraus, dass das eine der touristischen Attraktionen Portsmouths ist. Ein Aufzug katapultiert einen 170 Meter auf eine Aussichtsplattform, von der man einen sensationellen Blick haben soll.

»Da will ich rauf!«, johlt Dodo. »Komm schon, Tessa, das ist sooo cool!«

Ich bin ja von Natur aus ein sparsamer Mensch und kaufe nur das, was ich wirklich brauche. (Auch für diesen Urlaub haben Dodo und ich uns nicht mehr als fünf Bikinis erlaubt! Da sind wir knallhart!) Und vierzehn Pfund sind eine Menge Geld für einen einfachen Fahrstuhl. Doch wann werden wir wohl im Leben noch mal nach Portsmouth kommen?

»WOW, das ist ja Hammer hier!«, jubelt Dodo, als wir nach mehreren Etagen mit Ausstellungen endlich auf der allerhöchsten Aussichtsterrasse stehen.

Und das ist es wirklich. Man kann meilenweit sehen! Hinter uns die ganze Stadt und vor uns die Schiffe, wie sie vom Meer in den Hafen einlaufen, und da hinten …

»Ist das da Javis und Ramóns Fähre?«, ruft Dodo plötzlich und deutet nach unten auf ein in den Hafen einlaufendes Schiff.

Ich schaue zur Uhr. »Oh, ja, das muss sie sein! Los, komm!«

Bei dem exquisiten Käffchen in der kleinen Liegestuhl-Lounge eine Etage tiefer haben wir glatt die Zeit vergessen. Kann ja mal passieren.

Im Galopp kommen wir im Hafen an. Inzwischen sind die meisten Autos schon von der Fähre gerollt.

»Siehst du Javis Auto?«, fragt Dodo, während wir unser Köpfe recken.

»Die können ja hier nicht stehen bleiben«, vermute ich. »Da hinten ist ein Parkplatz. Lass uns da mal gucken!«

Doch auch nachdem wir drei Mal um den ganzen Parkplatz herumgelaufen sind, haben wir die Jungs nicht gefunden.

»Los, ruf Javi an!«, schlägt Dodo vor. »Wozu gibt es Handys! Irgendwo hier müssen sie ja sein.«

Doch noch bevor ich mein Telefon ganz aus meiner Handtasche gekramt habe, klingelt es bereits.

Ringelingelingdingdong!

Bestimmt Javi. Klar, die Jungs suchen uns ja auch. Ich gucke aufs Display. Nein, es ist Cornelius!

»Hallo Cornelius, alles klar bei euch?« Die müssen ja jetzt schon auf halber Strecke nach Cornwall sein.

Cornelius gibt einen Grunzton von sich und fragt dann – immer der besorgte Vater –, ob wir auch den richtigen Zug gekriegt haben.

»Wir? Natürlich!«, beruhige ich ihn. »Wir sind schon am Hafen. Bei uns läuft alles planmäßig – sí, sí, claro, natürlich haben wir mit Javier und Ramón genau abgesprochen, wo wir uns treffen.«

Na gut, haben wir dann doch nicht so genau, aber wir werden uns schon finden.

»Was sagst du, Cornelius? – Nein, noch nicht. Aber die Fähre ist schon da und …«

Cornelius unterbricht mich.

»Wie? Ihr seid WO?«

Ich weiß nicht, ob Cornelius sich mal wieder mit ein paar Namen vertan hat – passiert ihm gelegentlich.

»WO seid ihr?«, rufe ich noch mal in mein Handy, vielleicht ist die Verbindung schlecht. »Auf der Autobahn nach Manchester? Aber das ist doch ganz im Norden!« Ehrlich – honesto, Cornelius war noch nie besonders gut in Erdkunde, aber er wird doch wohl noch die Autobahn in den Westen finden!

»Ja, ja, ich HÖRE dir doch zu!« Nur begreifen tue ich irgendwie nicht so richtig, was er da hastig in mein Ohr brüllt.

Dodo reißt ihren Kopf rum und guckt mich fragend an. »Stimmt was nicht?«

Ich winke ab, ich muss mich jetzt auf Cornelius konzentrieren. Dass man seine Eltern nicht für fünf Minuten allein lassen kann!

»Cornelius!«, versuche ich mit sanfter Stimme meinen mal wieder komplett am Rad drehenden Vater zu beruhigen. »Cornelius, hör mir doch zu! Ihr seid auf der falschen Autobahn, glaub mir! Ihr müsst umdrehen! Manchester ist total weit im Norden! Überhaupt GAR NICHT in der Nähe von Cornwall. Ihr müsst …!«

»*Manchester?*«, wiederholt Dodo ungläubig.

Ich winke noch hektischer ab. »Ihr könnt nicht umdrehen, weil … WAS?«

»Stell auf laut!«, wispert Dodo. »Lass mich mithören!«

Ich drehe mich um. Die Leitung ist nicht besonders gut, ich kann Cornelius' Sätze nur halb verstehen.

»GEKLAUT?« Ich schlucke und versuche, zu verstehen, was mein Vater sagt. »Ja, aber …«

»Was ist geklaut?«, fragt Dodo mit großen Augen.

Cornelius müht sich weiter gegen den Wind anzureden, in dem er offenbar steht, aber vielleicht brüllt er auch gegen seine Aufregung an. Ich verstehe nur jedes zweite Wort.

»Gekidnappt?« Ich fasse es nicht. »Aber wer würde denn …?«

»Wer ist gekidnappt? Sag doch, sag doch!«, fragt Dodo völlig entsetzt.

»Wer kidnappt denn …? Und WARUM?«, schreie ich inzwischen ebenfalls. »Und wieso ist sie überhaupt in eurem Auto gewesen?«

Als Antwort brüllt Cornelius jetzt so laut, dass ich das Handy von meinem Ohr weghalten muss. Immerhin kann Dodo nun auch bequem zuhören.

»WEIL ANSCHEINEND JEMAND SIE DA REINGESETZT HAT!« Cornelius stoppt für eine Sekunde, weil er Luft holen muss. »ABER ICH KANN DIR VERSICHERN, DASS DIESER JEMAND HEUTE ABEND EINE GEHÖRIGE PORTION ÄRGER KRIEGEN WIRD!«

»Was?«, wispert Dodo erschrocken. »*Wer* ist in sein Auto gesetzt worden? Haben die illegal jemanden über die Grenze geschmuggelt?«

»Ich muss auflegen!«, keucht Cornelius, der mit den Nerven reichlich am Ende zu sein scheint. (Dabei hat der Urlaub gerade erst angefangen!) »Sonst verlieren wir sie. Ich hoffe nur, wir müssen nicht bis Schottland hochfahren, um ... JA DOCH, ich KOMME ja schon!«

Das Letzte hat er offenbar Iris und den anderen zugerufen. Eilig legt er auf.

Als ich in Dodos erwartungsvolles Gesicht gucke, habe ich selbst Schwierigkeiten, so ganz zusammenzukriegen, was Cornelius mir eben erzählt hat.

»Was ist, Tessa? Was ist los?" Ungeduldig tritt Dodo von einem Fuß auf den anderen. »Sag schon! Wer ist in seinem Auto? Und *wen* will er nicht verlieren? Das klingt ja, als wäre er auf einer Verfolgungsjagd!«

Ich nicke langsam. »Äh, ja, ich fürchte, genau das ist er.«

»Aber WEN verfolgt er? Und warum?« Dodo ist kurz davor, mich zu schütteln.

Ich schaue Dodo an und kann es selbst nicht glauben. Doch es scheint wahr zu sein.

»Aurora!«, antworte ich. »Sie verfolgen Aurora. Auf

der Autobahn nach Norden. Im Moment sind sie kurz vor Manchester. Eigentlich hätten sie schon fast in Cornwall sein sollen. Stattdessen fahren sie seit Stunden in die völlig falsche Richtung.«

Dodo sieht ein wenig verwirrt aus. »Aurora ist auf der Autobahn? Aber Hühner können doch gar nicht fliegen!«

Dodo guckt mich an, als hätte ich den Verstand verloren. ICH!

»Sie fliegt nicht, Dodo!«, gebe ich ein wenig vorwurfsvoll zurück. (Honesto, Dodo ist doch sonst nicht so ein Erbsenhirn!) »Sie sitzt natürlich in einem Auto!«

Ein klein wenig befürchte ich, dass Dodo als Nächstes anmerken wird, dass Aurora doch gar keinen Führerschein hat.

Doch Dodo wiederholt nur langsam, was ich gesagt habe: »Auf dem Weg nach Manchester?« Sie scheint sichtlich Mühe zu haben, das Gehörte zu verdauen. (Na gut, wer hätte das nicht?) Dann hebt sie entschieden den Kopf. »Nein, du, Cornelius muss sich irren. Aurora sitzt doch warm und gemütlich im Garten bei meinen Eltern!«

»Jetzt nicht mehr!«, gebe ich trocken zurück. »Jetzt sitzt sie in einem Mercedes, der auf der Autobahn Richtung Norden rollt. Und Cornelius rast in unserem alten Auto wie ein Irrer hinterher.«

Dodo kräuselt die Stirn. »Wie soll Aurora denn hier

nach England gekommen sein? Cornelius muss sich irren. Das ist bestimmt ein total anderes Huhn, das Aurora nur ähnlich sieht.«

Ich schüttele den Kopf. »Leider nicht. Sieht so aus, als hätte Kenny sie heute Morgen in aller Frühe heimlich aus dem Garten deiner Eltern geholt und zwischen die Gepäckstücke hinten im Auto geschmuggelt. Als Cornelius dann nach dem Eurotunnel kurz an einer Raststätte angehalten hat, wollte Kenny wohl Aurora auch ein bisschen frische Luft gönnen.«

Dodo hört mir ungläubig zu.

»Deshalb hat Kenny das arme Huhn auf eine Wiese gesetzt«, erzähle ich weiter. »Als *little* Smarties-im-Kopf-Kendra dann vom Klo zurückkam, konnte sie gerade noch sehen, wie Aurora in den Kofferraum eines Wagens flatterte, der so ähnlich aussah wie unserer. Und …« Ich mache eine kunstvolle Pause. »… hilflos zusehen, wie das Auto im gleichen Moment mit ihr losfuhr.«

Dodo schüttelt bloß mit dem Kopf. »Ich glaub es nicht!«

Ich nicke zustimmend. »Die arme Aurora muss sich auf dem fremden Parkplatz verloren gefühlt haben«, vermute ich.

Dodo nickt ebenfalls. »Und wollte wieder zurück ins sichere Auto.«

Ich atme tief aus. »Ja. Nur leider ins falsche. Und so, wie es aussieht, scheinen die Leute im Mercedes noch nicht mal gemerkt zu haben, dass sie ein Huhn entführt haben.«

Dodo sieht einen Moment einfach nur fassungslos aus. Dann gluckst sie plötzlich. Legt ihren Kopf in den Nacken und wiehert los.

Oh, und wenn Dodo lacht, dann lacht sie!

Ich kann nicht anders als mitlachen. So was kann wirklich nur Cornelius – oder eben Kenny – passieren! Wir kichern so lange, dass uns danach die Seiten wehtun und wir noch nach Luft japsen, als mein Telefon schon wieder klingelt.

Ringelingelingdingdong!

»Oh, Mann, Dodo!«, keuche ich, bevor ich abnehme. »Meine Familie ist total verrückt! – Ja, hallo? Hier ist Tessa-Tiara Martini? – JAVI, na, endlich! WO SEID IHR? Wir suchen euch schon die ganze Zeit! – Was? – Ja, natürlich sind wir hier. – Sí, sí, claro, direkt am Hafen!«

Auf Dodo und mich kann man sich verlassen. Uns passieren zum Glück nicht ständig solche Missgeschicke wie Cornelius!

»Como dice – was sagst du, Javi? Nein, ich sehe kein weißes sechsstöckiges Gebäude. Wir stehen direkt neben einem kleinen Pub, der heißt … – Was? – Nein, der ist nicht rosa angemalt, der hat dunkelrote Klinkersteine und … Como?«

Dodo horcht auf.

Und mir fällt gerade das Herz in die Hose, äh, durch

meinen hervorragend sitzenden Kunstlederminirock runter auf die Erde.

Ich kann nicht glauben, was Javi gerade gefragt hat. »Ob wir auch wirklich im Hafen von … PLYMOUTH sind?«

~ 6 ~

Kleine geografische Missverständnisse

Maldita sea – so ein Mist! Nein, natürlich waren wir nicht im Hafen von Plymouth.

Tssss, Portsmouth – Plymouth! Honesto, diese Städte hier in England klingen doch alle gleich! Hätte ja wohl jedem passieren können, den einen Namen mit dem anderen zu verwechseln!

Dodo und ich haben gerade noch den letzten Bus erwischt.

Ja, einen blöden BUS! Weil es nämlich mit der Bahn *noch* länger gedauert hätte. Sechs Stunden dauert die Fahrt von Portsmouth nach Plymouth an der Südküste entlang. *Sechs* Stunden! Dieses Gefährt hält an jeder Kuhweide. Haben die hier auf der Insel keine vernünftigen Schnellbusse?

Ein klein wenig angesäuert und etwas beengt hocken wir, die Koffer zu unseren Füßen, auf unseren Sitzen. Weil nämlich für Gepäck unten im Gepäckraum kein Platz mehr war.

Es wird stockdunkle Nacht sein, wenn wir endlich in diesem Plymouth sind. Zum Glück haben Javi und Ramón versprochen, für uns alle vier ein billiges B&B in Plymouth zu suchen, in dem wir heute Nacht schlafen können. Morgen früh werden wir dann endlich nach Cornwall fahren. Von Plymouth sollen es nur noch knapp zwei Stunden Autofahrt sein.

»Unser halbes Urlaubstaschengeld ist schon fast weg«, jammert Dodo.

Die Bustickets waren nicht gerade billig.

»Mach dir keine Sorgen«, sage ich und merke, dass ich doch auch ein bisschen wütend bin. Auf diese blöde Extrareise nämlich. »Das Geld kriegen wir bestimmt von Iris zurück. Wenn sie Cornelius die drei vollen Tankladungen Sprit für den kleinen Umweg nach Manchester verzeiht, werden wir uns ja wohl noch mal in dem blöden Ortsnamen irren dürfen. Immerhin fahren WIR in die richtige Richtung!«

Plymouth liegt viel weiter westlich. Praktisch direkt vor Cornwall. Diese Strecke hätten wir also sowieso fahren müssen. Nur hatte ich mir das bequemer in Javis Auto vorgestellt.

Dodo seufzt. Und klimpert mit den Augen. Ich gähne.

Nach dem langen Tag, nicken Dodo und ich ungefähr gleichzeitig ein.

Bis Dodo mit einem Aufschrei gegen meine Seite knallt. »HIIIILFE!«

Genau nachdem der Bus eine Sekunde vorher ebenfalls in irgendetwas geknallt ist.

»Stürzen wir ab?« Dodo ist noch nicht ganz wach.

Vermutlich ist das ihre generelle Sorge beim Reisen.

Ich versuche, mich wiederaufzurichten und vor allem Dodo wieder zurück auf ihren eigenen Platz zu bugsieren. »Sí, sí, claro! Dieses Mal einen Meter tief auf die Straße.«

Das war tatsächlich ein ziemlich heftiger Knall. Klang für mich so, als ob ein Reifen geplatzt ist. Und damit scheine ich gar nicht so weit weg von der Wahrheit zu liegen, denn die Frau im Sitz auf der anderen Seite des Ganges lächelt vielsagend. »Pothole!«

»Pothole?«, wiederhole ich ahnungslos.

»Yes, just a pothole!«, nickt die Frau und schaut dann wieder aus dem Fenster, als sei das nichts Ungewöhnliches.

Nach drei Stunden Fahrt wissen wir erstens, dass *Potholes* Schlaglöcher sind (Dodo hat auf ihrem Handy im Internet nachgeguckt), und zweitens, dass wir uns an das Knallen und das ängstliche Hoffen, dass der Reifen auch dieses Mal gehalten hat, besser gewöhnen sollten. (Wieso reparieren die Briten ihre Straßen eigentlich nicht?)

Ob ich Cornelius lieber vorwarne? Na, ich schätze, sobald er von der Autobahn runter ist, wird er das sowieso schnell merken. Und so schnell kann er mit Hugo und Aurora im Auto ja eh nicht fahren. Das heißt, *wenn* er den Wagen mit Aurora überhaupt einholen kann und sie wiederkriegt.

Plötzlich fange ich an, mir Sorgen zu machen. Was, wenn Iris, Cornelius, Kenny, Malea und Rema und Walter Walbohm den Mercedes aus den Augen verlieren? Was, wenn sie *Aurora verlieren*?

Bei diesem grauenvollen Gedanken versteift sich automatisch mein Rücken. »Ha!«

Irgendwie merkt man ja erst, wie lieb man so ein dusseliges Federvieh gewonnen hat, wenn das Risiko besteht, dass es bald nicht mehr da sein könnte. Dass es einen *nicht* mehr jeden Tag mit »*Gggggaaggg-aaackgackgaaaa!*« begrüßt, wenn man aus der Schule kommt. Sondern, dass es in die falschen Hände geraten könnte. In Hände, die überhaupt nicht wissen, dass Aurora zwar ein etwas hühnerflatteriges, aber doch geliebtes Familienmitglied ist!

Und – madre mía – mir wird ganz schlecht – was, wenn unser liebstes zweibeiniges Haustier deswegen möglicherweise in einem … Kochtopf endet? Als Hühnersuppe?

»Oooouuuu!« Diesen Aufschrei konnte ich nicht zurückhalten.

Dodo guckt mich besorgt an. »Hast du Blähungen?«

Gequält drehe ich mich zu ihr. »Ich habe mir gerade vorgestellt, dass … dass …« Fast kommen mir die Tränen. »… dass wir Aurora nicht wiederkriegen. Und was wird dann aus ihr?«

Dodo reißt die Augen auf und überlegt. »Dann werden diese Leute sie wohl in ein Tierheim bringen.«

»Hühner im Tierheim?« Ich zeige meiner besten Freundin dezent einen Vogel. »Menschen bringen doch keine Hühner ins Tierheim. Menschen *essen* Hühner!«

»Aber diese Leute werden ja bestimmt versuchen, herauszufinden, woher das Huhn gekommen ist, das jetzt in ihrem Auto sitzt«, vermutet Dodo.

»Du glaubst doch nicht im Ernst, dass sich irgendjemand die Mühe macht, den Besitzer eines Huhnes zu finden!« Vorwurfsvoll schnaube ich. Fast, als sei das Dodos Schuld. Dabei kann die arme Dodo natürlich gar nichts dafür.

Doch die meisten Menschen begreifen ja überhaupt nicht, dass jedes Huhn und überhaupt jedes Tier eigentlich genau das Gleiche ist wie ein Mensch. Ein lebendes Wesen nämlich, das fühlt und denkt, Ängste und Sehnsüchte hat. Ein Wesen, das sich freuen und albern sein kann, das aber auch traurig sein und sich allein fühlen kann.

Dios – du meine Güte! Ich klinge schon genauso wie meine verrückte Tierschutzschwester Livi!

Meine zwei Jahre jüngere Schwester Olivia rettet

ständig die Welt vor dem Untergang und die Hühner aus ihren Gefängnissen. Weil Livi es nicht mit ansehen kann, was die Menschen mit unserer Umwelt machen und wie sie die armen Tiere behandeln. Für Livi haben Tiere genauso viel Anspruch, respektiert und anständig behandelt zu werden, wie jeder Mensch. Weil Tiere eben *nicht* gefühllos sind!

(Ich glaube, ich werde auch Vegetarierin, wie Livi. Wenn man so darüber nachdenkt, dass man jemanden … und mit *jemanden* meine ich, ein voll entwickeltes Wesen … dass man diesen Jemand … einfach so … isst?)

Manchmal finden Dodo und ich ja, dass man sich vielleicht nicht den ganzen, ganzen, *ganzen* Tag lang um aussterbende Eisbären und ihren Müttern entrissene Kälber kümmern muss. Auf der anderen Seite … Wenn es doch wahr ist! Denn diese schrecklichen Dinge passieren ja wirklich.

Und dass jedes einzelne Tier eine Seele hat, die so unterschiedlich ist wie auch die Seelen von Menschen, das ist so kristallklar wie der entzückende, neue Lipgloss, den Dodo und ich letzte Woche entdeckt haben und der nur einen winzigen, aber entscheidenden Hauch von Schimmer hinterlässt.

Muss mal kurz meine Lippen nachziehen. Wo ist denn …? Ach, hier!

Dann denke ich wieder an unser Haushuhn. Und plötzlich fallen mir lauter Sachen ein, die Aurora zu unserer einmaligen, ganz und gar einzigartigen Aurora machen – und nicht etwa nur zu irgendeinem Huhn.

Wie gern sie mit Kenny verstecken spielt! Und wie geschickt sie immer unseren armen kleinen Hugo verwirrt! Erst pickt sie ihn ein bisschen in den Schwanz. Doch wenn er sich umdreht und wild schnüffelt, um zu sehen, wer ihn da ärgert, ist sie meist schon – wutsch – hinters Sofa geflattert. Erst wenn Hugo sich wieder auf dem Teppich niedergelassen hat, um zu dösen, kommt Aurora wieder raus aus ihrem Versteck, schleicht sich auf hühnerleisen Trippelschritten langsam an und … pickt dieses Mal in sein Hinterbein.

Man kann richtig ihr vor Übermut glucksendes Lachen hören, wenn Hugo hochschießt und wieder – vergebens – wild nach dem Übeltäter sucht. »Gaaack-gacka-haha-haack!«

Dabei ist Aurora überhaupt nicht bösartig, sie macht nur unheimlich gern kleine Scherzchen. Hühner haben überhaupt einen ausgeprägten Sinn für Humor. Warum wissen Menschen das eigentlich nicht? Aber sie sind auch sehr anhänglich und sanft. Manchmal, wenn Kenny abends müde ist, kuschelt sich Aurora zu ihr aufs Sofa und schmust mit meiner kleinen Flummischwester Wange an Wange, während Kenny sie mit halb geschlossenen Augen zwischen ihren Federn krault.

Was werden diese Leute bloß mit unserer Aurora machen?

»Sollten wir nicht deinen Eltern Bescheid geben, dass wir auch erst morgen kommen?«, schlägt Dodo vor, als wir endlich die Hafenstadt Plymouth erreicht haben und durch die nächtlichen Straßen rollen.

»Sí, sí, claro«, nicke ich. Denn vor allem will ich wissen, ob sie Aurora wieder heil von ihren Entführern befreit haben. »Ich ruf gleich an, wenn wir ausgestiegen sind.«

Ich schaue auf mein Handy. Oh, zwei SMS! Hab ich gar nicht gehört, weil der Bus so geruckelt und geratert hat. Und angefangen zu regnen hat es auch wieder.

Kurz gucke ich aus dem Fenster, vor dem man – nach der nachtdunklen Reise über Land – nun wieder etwas erkennen kann. Laternen, die die Straßen säumen, leuchten bunte Reihenhäuser an. Sieht eigentlich ganz nett aus hier.

Dann klicke ich die erste Nachricht auf. Von Javi. Er schreibt, dass sie zwei Zimmer gefunden haben. Fast direkt am Hafen. Ich tippe schnell als Antwort, dass wir in ein paar Minuten da sind. Als die Message *pling* macht, macht das auch mein Bauch. Gleich werde ich Javi wiedersehen. Oh, ich freu mich!

Die zweite SMS ist von Livi. Sie schreibt nur einen Satz. Den dafür aber in Großbuchstaben: WO BLEIBT IHR?

Hm, überschäumend freundlich klingt das nicht. Aber manchmal ist meine Tierschutz-Schwester einfach sehr praktisch veranlagt und hält sich nicht lange mit höflichen Floskeln auf.

»Klingt so, als ob Livi und Gregory schon im Ferien-Cottage sind«, lasse ich Dodo wissen, die ebenfalls auf ihr Handy starrt.

Dodo hört nur mit halbem Ohr zu. Stattdessen grinst sie mich an. »Meine Eltern haben gerade gemerkt, dass im Gehege hinten in unserem Garten das Huhn fehlt, auf das sie aufpassen sollten. Meine Mutter klingt total verzweifelt.« Dodo rollt mit den Augen und lacht. »Ich hab vorhin völlig vergessen, zu Hause Bescheid zu geben. Ich ruf meine Eltern gleich mal an und sage, dass sie mit dem Suchen aufhören können, weil das Huhn inzwischen Hühnerferien in England macht.«

Ich grinse ein bisschen, bin aber doch besorgt. Wie ich mich freuen würde, wenn das nur so wäre! Denn vielleicht ist Aurora in dieser Minute gar nicht auf dem Weg in den Urlaub, sondern in einen Kochtopf?

Ich kann den Gedanken gar nicht zu Ende denken.

Ich schwöre bei jedem einzelnen meiner hundertundzweiundzwanzig Lippenstifte, ich werde mich nie wieder beschweren, wenn Aurora eines ihrer Eier in meinem Korb mit Feinstrumpfhosen versteckt hat und ich deswegen morgens Rührei an den Beinen habe!

~ 7 ~

weiter Richtung Westen

Morgens um neun sitzen wir – nach einem tollen, englischen Frühstück in der Bed-&-Breakfast-Pension – endlich in Javis Auto. Es hat ein bisschen gedauert, bis wir alles in den Wagen gequetscht hatten. Mir war gar nicht klar, wie klein Javis Kofferraum ist!

Javi allerdings meinte unfassbarerweise, dass ihm gar nicht klar war, wie viel Gepäck Dodo und ich dabeihaben würden!

Also, honesto! Was denkt der? Dass wir Zelturlaub machen mit einer Jogginghose, fünf T-Shirts und womöglich nur drei Bikinis?

Wir werden vierzehn Tage in Cornwall sein und ich will schließlich nicht jeden Tag die gleiche Bluse anhaben. Und wenn man verschiedene Blusen in verschiedenen Farben trägt, braucht man dazu ja wohl auch passende Schuhe und Röcke …

Aber ehrlich, dass Javi auf diese vernünftige Erklärung bloß mit Gelächter reagieren würde, DAS war dann allerdings *mir* am allerwenigsten klar! Ich war kurz davor, beleidigt zu sein.

Doch genau, als ich überlegte, ob es sich lohnen würde, Gewitterfalten auf meiner Stirn aufziehen zu lassen, oder ob ich Javi einfach ein kräftiges »Du Blödmann!« zurufen sollte, fing Dodo an zu kichern. Und dann an zu lachen. Und wenn Dodo lacht, dann lacht sie. Da muss man einfach mitlachen, ob man will oder nicht.

Also ließ ich das mit den Stirnfalten sein (die stehen mir sowieso nicht so gut) und kicherte stattdessen mit. Weil Ramón nämlich aus Dodos Koffer (der aufgegangen war, als Ramón ihn unter die Autositze schieben wollte) ihren heraushängenden Sonnenhut geangelt und sich äußerst frech über den Kopf gezogen hatte. Der Umfang von Dodos Strohhut ist größer als der von einem Autoreifen und Ramón sah einfach hinreißend damit aus.

Fand ich. Dodo fand seinen Anblick eher zum Totlachen.

Doch nun rollen wir endlich Richtung Cornwall. Javi und ich aneinandergekuschelt auf dem Rücksitz und Dodo und Ramón vorne mit Ramón am Steuer. (Dodo und ich haben ja noch keinen Führerschein.) Dodos Hut hat Ramón immer noch auf.

»Falls es plötzlich heiß und sonnig wird«, meinte er. »Ich will vorrrberreitet sein!«

Da mussten wir wieder ein bisschen kichern, denn wir waren gerade noch heil ins Auto gekommen, bevor der nächste britische Wolkenbruch losging. (Wenn das so weitergeht, werde ich mich bei Queen Elizabeth beschweren. Das hat uns vorher KEINER gesagt!)

»Mir ist schlecht«, seufzt Dodo nach zehn Minuten Fahrt und hält sich ihren Bauch.

Ich schätze, das liegt an der Menge, die dort durcheinanderkugelt. Kein Wunder, dass ihr schlecht ist.

Das Frühstück war genauso köstlich wie massiv. Und wir haben alle vier zugeschlagen, als hätten wir eine Woche gehungert. Die volle Ladung! Muffins, Honig, Marmelade, Joghurt, Toast, Eier, Bohnen in Tomatensoße, gebratene Pilze, Zwiebelringe und Tomaten und zwei Würstchen.

Okay, die Würstchen waren ein bisschen eklig. Die haben wir unauffällig an die kleine bellende Promenadenmischung unter dem Tisch verfüttert – sie hat sich gefreut.

»Warrrrum ist dirrr denn schlecht, Querida, Liebes?«, fragt Ramón sofort besorgt. »Soll ich anhalten?«

Doch Dodo schafft es, zwei Stunden durchzuhalten, bis wir in einer Stadt stoppen, um zu tanken.

»Nurrr noch vierrr Meilen bis St. Ives«, lässt Javier uns wissen, als er wieder ins Auto steigt. »Wirrr sind auf der rrrichtigen Strrraße.«

Dieses Mal sitzen die Jungs vorne und Dodo und ich machen es uns hinten gemütlich.

»Ich hoffe, Livi ist nicht mehr genauso stinkig wie heute Morgen am Telefon«, überlege ich. »Ich verstehe das gar nicht. Sie hatte total Lust auf das Cottage und auf Cornwall und alles. Aber heute Morgen klang sie total abgehetzt und genervt, und dann hatte sie noch nicht mal Ruhe, um zu telefonieren. Ich frage mich, was sie so Wichtiges zu tun hat. Koffer auspacken? Dazu hat sie ja noch den ganzen Tag Zeit.«

»Tssss!«, macht Dodo. »Was sollen wir denn sagen? Livi und Gregory sind doch die Einzigen, die mit Gregorys Eltern eine völlig problemlose Anreise hatten. Die beiden sitzen da jetzt im Cottage und rekeln sich vermutlich im Liegestuhl. Und wir?« Sie schüttelt den Kopf.

Ich schüttele mit. Denn das ist wieder so typisch für meine zwei Jahre jüngere Schwester! (Auch wenn es draußen immer noch Hunde und Katzen regnet und ich das mit dem Liegestuhl daher für eher unwahrscheinlich halte.) Während Dodo und ich von Natur aus ja hart im Nehmen sind – *von nichts kommt nichts* (eine unserer goldenen Regeln) –, mäkeln und meckern meine jüngeren Nervschwestern gerne mal rum. Dabei haben alle drei ein total sonniges Leben!

Dodo und ich sind schließlich die Einzigen, die jeden Samstag auch noch jobben, um ein bisschen flüssiger zu sein. (Mit dem, was uns unsere knickerigen Eltern als Taschengeld geben, kommt nun wirklich keine Lady von Welt aus!)

»Livi war schon gestern Abend so komisch«, antworte ich. »Da hat sich die kleine Muffelmaus gerade mal zu einem einzigen Satz in ihrer SMS aufraffen können. Ob sie sich vielleicht mit Gregory gestritten hat?«

»Livorrry streiten nie!«, rufen Javi und Ramón fast gleichzeitig von vorne und lachen.

Und das stimmt. Die beiden sind so ein Herz und eine Seele, dass wir sie nur noch Liv-ory nennen.

»Ach, die langweilen sich wahrrrscheinlich nurrr«, meint Javi. »Corrrnelius und die anderrren kommen ja frrühestens heute Abend an und...« Er lacht. »... ohne uns ist es sowieso überall langweilig.«

Wo er recht hat, hat er recht. Dodo, Ramón, Javi und ich werden schon Leben in die Bude bringen!

»Als Erstes fahren wir ans Meer und gehen schwimmen!«, rufe ich. (Da kann mich auch so ein bisschen Regen nicht abschrecken.)

Und jetzt freue ich mich wieder richtig. Denn alle anderen Sorgen sind wir zum Glück auch losgeworden. Cornelius konnte den Mercedes endlich zum Anhalten bewegen. Der Fahrer war erwartungsgemäß nicht nur mittelschwer entsetzt, ein Huhn im Auto zu haben, sondern auch sehr dankbar, dass Cornelius das Tier wieder abnahm. Und wie froh Kenny war, kann ich mir lebhaft vorstellen.

Hach, auf Aurora freue ich mich jetzt richtig! Ich hoffe nur, einem Huhn gefallen Ferien auf dem englischen Land genauso gut wie hoffentlich uns.

Herrlich! Den ganzen Tag lang nichts tun, nur am Strand liegen, die englische Küche genießen (ohne Gänseblümchen und Lakritzkrümel zwischen den Spaghetti) und wieder am Strand liegen. (Irgendwann muss die Sonne ja auch in Großbritannien scheinen!)

Fürs Gassigehen mit Klein-Hugo ist meine zwölfjährige Schwester Malea zuständig. Das haben wir in unserer Familie so abgemacht, als Hugo vor ein paar Monaten zu uns kam. Aber Gassi gehen liebt Malea sowieso. Bevor wir Hugo hatten, ist sie auch ohne Hund jeden Tag durch unsere Straßen gestreunt. Immer auf der Suche nach Abenteuern.

Malea will nämlich später mal Geheimagentin werden. Und so verrückt das auch klingen mag, irgendwie denke ich immer öfter, dass sie ganz genau das auch schaffen wird. Malea hat einen knallharten Willen. Ich schätze, den hat sie von mir. Und die Power, für ihre Ziele genauso knallhart zu arbeiten, die hat sie ebenfalls. Also lächele ich nur noch ein ganz bisschen und ganz unauffällig, wenn sie wieder mal loszieht, um zum Beispiel *spionieren* zu trainieren. Malea nimmt sich und ihre Ziele ernst. Das finde ich toll. Und auch wenn sie (wie auch meine anderen Schwestern) diese ganze

Sache mit dem Lady-Sein nicht kapiert: Für mich ist sie damit schon eine richtige Lady!

»Haben die da eigentlich Sandstrand oder diese blöden Kiesel?«, fragt Dodo jetzt.

Claro, das ist wichtig. Man will ja schließlich vorbereitet sein. Ist ja ein Unterschied, ob man sich ein dickes Handtuch (oder zwei – Steine sind hart) einpackt oder ein dünnes Strandtuch genügt.

»Sand!«, ruft Ramón und reicht uns sein Handy, auf dem er ein Bild von St. Ives geöffnet hat.

»Oooooh!«, machen Dodo und ich. »Schöööön!«

Doch als wir ein paar Minuten später an den ersten Häusern vorbeirollen und auf einer Straße hoch über dem Meer in die Stadt reinfahren – rechts von uns tief unten ein endloser Sandstrand, weiter vorne eine malerische Hafenbucht und dahinter ein kleiner Hügel mit einem weiteren tiefgelben Sandstrand dahinter –, da ist das alles in der Realität noch mal so unglaublich viel schöner, dass mir ganz warm wird im Bauch.

»Qué chulada de playa!«, ruft Javi begeistert. »Was für ein toller Strand!«

»Wow!«, haucht auch Ramón, obwohl ja beide die luxuriösesten Strände aus Spanien gewohnt sind.

Aber diese Mischung aus kilometerweitem Sandstrand und den putzigen, bunten englischen Häuschen auf kleinen Hügeln, die hat was! Und in der Mitte ein Hafen mit malerischen Fischerbooten.

»Hammer!«, murmelt Dodo neben mir, je mehr wir zu sehen kriegen.

Dann bricht auch noch genau in diesem Moment hinter uns die Sonne durch, und ein riesiger Regenbogen zieht sich – knallbunt leuchtend wie aus einem von Kennys alten Bilderbüchern – über den kleinen Hafen.

Und da spüre ich es: Ich liebe Cornwall bereits jetzt!

~ 8 ~

Cottage-Suche auf der Bluebell-Farm

Als wir drei Meilen hinter St. Ives auf einen Hof rollen, neben dessen Einfahrt ein großes Schild mit der Aufschrift *Bluebell Farm* steht (wir sind also richtig), sehen wir …

… nichts.

Ich meine, okay, da steht ein großes, dreistöckiges Farmhaus – richtig schön englisch. Gebaut aus hubbeligen, alten Feldsteinen – so sieht es jedenfalls aus. Aber das kann ja wohl kaum unser Cottage sein. Oder doch?

Links neben dem Haupthaus (der ganze Hof ist angelegt wie ein riesiges U) liegt eine massige Scheune, und rechts, etwas weiter weg, gibt es noch ein anderes langes und flacheres Gebäude. Das links könnten

Ställe sein. Von Tieren hat Cornelius zwar nichts erwähnt, aber viele Ferienhöfe halten ja Streicheltiere – vor allem für die Kinder ihrer Gäste. Na, Kenny wird sich freuen. Das flache Haus auf der rechten Seite sieht eher aus, wie eine alte Baracke. Wenn auch eigentlich ganz malerisch. Kletterrosen ranken sich überall an den unverputzten Außenwänden empor und lassen nur die Fenster frei. Vermutlich benutzen sie das Häuschen als etwas überproportionierten Geräteschuppen. Ein wirklich hübscher Schuppen, das muss man sagen. Die Engländer haben Geschmack!

Aber wo ist nun unser süßes *Bluebell Cottage*, das Cornelius gemietet hat?

»Niemand da«, stellt Javi fest, als er aussteigt.

»Müssen sich die Gäste hier ihre Zimmer selbst suchen?«, muffelt Dodo. (Ich glaube, ihr ist immer noch ein bisschen schlecht.)

»Hierrr ist ja nicht mal ein Auto«, fügt Ramón hinzu und guckt sich suchend um. »Und wo sind Livorrry?«

»In unserem Cottage«, vermute ich. »Sieht nur leider so aus, als müssten wir das erst suchen.« Ich grinse. »Wollen wir da mal klingeln?«

Ich deute auf das große Farmhaus und marschiere zum Eingang. *Bluebell House* steht auf einem bunten Tonschild neben der Tür. Eine Klingel suchen wir allerdings vergebens.

»Klopfen?«, schlägt Dodo vor.

Doch auch nachdem erst Javi, dann ich und zur

Sicherheit auch noch Dodo und Ramón laut und lauter an die Tür gedonnert haben, bleibt alles so ruhig wie vorher.

»Bisschen komisch«, findet Dodo und sieht noch ein wenig muffeliger aus.

»Sieht total verrrlassen aus, der ganze Hof«, meint Javier.

»Glaubst du, wirrr sind hier falsch?«, fragt Ramón.

Ich schüttele den Kopf. »Bestimmt nicht. Das Navi hat uns genau hierhergeführt und der Name stimmt auch.«

»Dann lasst uns jetzt dieses dusselige Cottage suchen«, nölt Dodo. »Ich will duschen und mich frisch machen. Und dann …«

»… fahren wir an den Strand!«, beende ich ihren Satz.

Denn inzwischen ist es wieder richtig sonnig geworden und tatsächlich wunderbar warm. Und ob wir nun Livory und die Besitzer des Hofes finden oder nicht, die gute Laune will ich mir nicht nehmen lassen.

Wir laden unser Gepäck aus, stapeln es neben dem Auto und marschieren dann los. So ein Cottage mit vier Schlafzimmern (für uns alle) wird ja nicht zu übersehen sein!

Auf der rechten Seite des Hofes führt ein schmaler Weg zwischen umzäunten Wiesen hindurch zu einem Wäldchen, das etwas erhöht auf einem kleinen Hügel liegt. Gute fünf Minuten marschieren wir durch den ungemähten Grasweg und steigen dann den matschigen Waldweg rauf. Weit genug, um einen Überblick über die Farm und die umliegende Gegend zu kriegen.

»Schööööön ist das hierrr!«, findet Javier, als wir über das Land blicken.

Ich nicke. Ja, das ist es. Aber von einem Cottage ist weit und breit nichts zu sehen. Nur Wiesen und Wiesen und – okay – da ganz hinten sind irgendwelche Bretterhäuschen. DAS können ja wohl keine Feriencottages sein!

»Da sind Tierre!« Ramón deutet auf eine der weiter entfernten Weiden.

Stimmt. Sehen von hier aus wie Ponys. Na, da wird sich Kenny aber noch mehr freuen!

Ich allerdings würde mich allmählich freuen, wenn ich irgendwo mal meinen Koffer auspacken könnte.

»Meine SCHUHE!«, quiekt Dodo plötzlich. »Maldita sea! Das ist jetzt schon mein ZWEITES Paar! Fertig für die Mülltonne!«

Ich gucke runter zu meinen eigenen Schuhen. Oh nein, was für ein matschiger Mist! Denn genau durch den stiefeln wir hier die ganze Zeit.

»Zieht eurrre Schuhe doch einfach aus!«, grinst Javi mitleidslos. »Es ist ja nicht kalt.«

Ramón hat noch weniger Mitleid mit Dodos und meinen Schuhen. Unseren Schmerz ignoriert er völlig. Stattdessen fixiert er die Ponys in der Ferne.

Um besser gucken zu können, kneift Dodos Liebster seine Augen zusammen. »Ich glaube, da sind auch Leute!«

Tatsächlich scheint sich auf der Weide etwas zu bewegen, was wohl keine vier Beine hat.

»Das müssen die Leute sein, denen die Farrrm gehört«, vermutet Javi.

»Da matsche ich jetzt aber nicht auch noch hin!«, muffelt Dodo von hinten.

Ich schaue auf unsere jetzt nackten Füße, die lehmverschmierten, matschigen Reste unserer Schuhe und stelle messerscharf fest: »Man braucht wohl Gummistiefel in diesem Land.«

Und auch das hat uns Iris nicht gesagt, als wir unsere Koffer packten. Wann ist eigentlich mal auf Mütter Verlass?

Um zu den Weiden zu kommen, auf denen wir die Hofbesitzer vermuten, müssen wir sowieso erst zum Hof zurück. Oder aber querfeldein und über ein paar Zäune steigen. Wogegen ich im Prinzip nicht viel hätte. Wohl aber gegen die riesigen Seen, von denen die meisten Wiesen bedeckt sind.

»Hier regnet es anscheinend öfter mal.«

»Sieht so aus«, stimmt mir Dodo leicht grummelig zu.

Während wir – also jedenfalls Dodo und ich – barfuß über den Matschwiesenweg zurückstapfen, gehe ich im Geiste schnell meine Feriengarderobe durch.

Welche Gummistiefelfarbe würde wohl am besten zu meinen Sachen passen? (*Immer flexibel bleiben, immer an die Situation anpassen, immer praktisch denken!* Auch eine von Dodos und meinen goldenen Regeln.)

Blau? Langweilig.

Rot? Aber ich habe so viele Sachen in Apricot und Orange und …

Oder richtig knallen? Den Engländern mal zeigen, was echte Ladys tragen? Ich finde ja, was Mode angeht, muss man Zeichen setzen. Mode ist Kunst! Neongrün mit bunten Punkten?

»Dodo!« Ich zupfe meine Freundin unauffällig am Arm. »Wir müssen gleich morgen früh in dieses St. Ives fahren und Gummistiefel kaufen.«

»Unbedingt!«, nickt Dodo. »Unbedingt!«

Ein paar Meter bevor wir den großen kiesbedeckten Platz zwischen den Hofgebäuden wieder erreichen, prallen Dodo und ich fast auf Javi und Ramón, die hinter der Ecke des rosenumrankten Gebäudes abrupt stehen geblieben sind. Huch?

»Madre mía!«, ruft Ramón und starrt in den Hof, als lägen dort Löwen.

»STOPP!«, ruft auch Javi und hält automatisch seine Hand schützend nach hinten, um mich am Weitergehen zu hindern.

Was ist denn nun los? Wilde Stiere?

Mir wird ein bisschen mulmig. Ob die hier auf dem Hof gefährliche Tiere, wie Stiere, halten? Diese wilden

Muskelmonster sind ja nicht gerade ohne! Ob einer davon ausgerissen ist und nun frei auf dem Hof rumläuft?

Neugierig sind Dodo und ich aber doch. Dicht an Javi und Ramón gedrückt recken wir vorsichtig unsere Nasen um die Ecke des Rosengebäudes und sehen …

»NEIIIN!«

Dieser panische Aufschrei kommt von Dodo und mir gleichzeitig.

Mitten auf dem Hof, direkt neben unserem Auto und – um ganz genau zu sein – direkt neben unseren Sachen, nein, ÜBER unseren Sachen, stehen drei zottelige Wesen mit langen Hälsen und noch längeren Beinen, mit kleinen Köpfen mit viel zu großen Augen und …

… futtern unser Gepäck auf!

WAAAAAAAAAH!!!

~ 9 ~

Angriff der Zottelmonster

In Momenten der Not wächst jeder über sich selbst hinaus. Und eine Lady sowieso!

Die futtern UNSER Gepäck auf?

HA! Ohne an irgendwelche Gefahren zu denken, stürmen Dodo und ich auf die komischen Tiere zu. Denn – oh, no – WIR sehen nicht tatenlos dabei zu, wie irgendwelche Zottelviecher unsere hart erarbeitete Garderobe aufmümmeln, als wäre das Hasenklee!

»Hau ab, du Wildschwein!«, brüllt Dodo unerschrocken und wedelt wild mit ihren Händen vor den Langhälsen herum.

Wie Schweine sehen die Viecher zwar nicht aus, doch um solche Nebensächlichkeiten kann ich mich jetzt nicht kümmern.

»Weg da, du Krümelmonster!«, brülle ich die Nase an, die in meiner Handtasche verschwunden ist.

Wie hat das Vieh denn den Schnappverschluss aufbekommen?

Hinter mir hören Dodo und ich, wie Javier und Ramón leise anfangen zu prusten. Danke, sehr hilfreich! Wirklich großartig – hier ist echter Katastrophenalarm, und die Jungs haben nichts Besseres zu tun, als zu kichern!

Das scheint die Zottelnase vor mir aber immerhin ziemlich interessant zu finden. Sie zieht ihr Schnupperorgan aus meiner Tasche raus und reckt den Hals hoch. Mit Riesenaugen starrt sie verwundert zu Javi und Ramón rüber.

Aber – huch? Wie sieht denn das Maul von dem Tier aus? Das ist ja … BLUT!

Eine gruselige Sekunde lang überlege ich, woher das Blut kommt, das rund um die Nase herum breit verschmiert ist. Von wem stammt das um alles in der Welt? Und vor allem, wenn das Ding hier so blutrünstig ist – WEN wird es als Nächstes beißen?

Dann schießt mir ein noch schrecklicherer Gedanke durch den Kopf. Hat dieses Vampirmonster das Blut etwa in meine *exquisite und sehr teure* Handtasche tropfen lassen? Ich meine, egal, wo es herkam, die Flecken kriege ich da NIE wieder raus!

Das Monster reckt den Kopf in meine Richtung und schnuppert. Und – ich glaub es nicht – es hat ein

Lächeln im Gesicht! Wie ein kleines Kaninchen glotzt es mich an. Ein Kaninchen mit bluttropfendem Maul.

Hm, na gut, eigentlich tropft da nicht wirklich was. Das Rote um den grinsenden Mund herum sieht eher aus wie Creme. Rote Creme?

Eine winzige, schmerzhafte Ahnung keimt in mir auf…!

Oh nein, das kann doch – bitte – nicht – sein! Oder doch? Das wäre ja muy-muy-muy horrible – einfach grauenvoll! Doch die einzige Erklärung scheint zu sein…

»Mein LIPPENSTIFT! NEIIIIIIIIN!«

In diesem Moment ist mir alles egal. Vampirmonster hin oder her. Wenn es um Leben oder Handtaschen geht, kennt eine Lady keine Angst!

Durch einen entschlossenen Kick mit meiner linken Körperseite schubse ich das glupschäugige Vieh mit voller Wucht weg und beuge mich über mein Gepäck. Ein Blick in meine offene Tasche bestätigt mir meinen grausigen Verdacht.

Maldita sea, das Zottelviech hat sich tatsächlich an meinem zwanzig Euro teuren Lippenstift bedient! Und zwar äußerst großzügig.

Ungläubig ziehe ich das, was davon übrig geblieben ist, heraus. Fassungslos halte ich die beiden Teile hoch. Die Schutzkappe, die das Vieh mit den Lippen aufgefummelt und abgezogen haben muss, und die untere Hälfte mit dem nagelneuen, wunderhübschen roten Stift, der jetzt nur noch aus einem kleinen Stummel besteht.

Ich bin den Tränen nahe.

»Dodo!«, hauche ich mit letzter Kraft und schaue Hilfe suchend zu meiner besten Freundin rüber.

Naturalmente – natürlich bin ich dabei noch problemlos in der Lage, aus den Augenwinkeln heraus deutlich Javi und Ramón neben dem Rosengebäude zu sehen. Kann ja wohl nicht wahr sein! Die beiden kringeln sich vor Lachen und haben tatsächlich Mühe, aufrecht stehen zu bleiben.

CARAMBA! Oh, das gibt mir aber meine – aus verständlichen Schockgründen – kurzzeitig verschwundene Energie sofort zurück!

»FINDET IHR DAS ETWA KOMISCH?«

»Ja-hahahaaaa!«, gackert mein liebster Javi herzlos.

»Und wie-hihihihi!«, giggelt Ramón.

Honesto, ich glaube, die Jungs kapieren überhaupt nicht, dass das keine Kleinigkeit ist! Wie gut, dass wenigstens Dodo den Schmerz dieses Verlusts versteht! Meine liebste Dodo, deren Gesicht allerdings bedrohlich anfängt zu zucken. Die wird ja wohl nicht auch …?

Doch Dodo legt ihren Kopf in den Nacken und …

»Wihihihi-hahahaha….!«, wiehert meine mitfühlende Freundin los.

Und genau in diesem schockierenden Moment kommen plötzlich Livory – anscheinend völlig außer Atem – in den Hof gelaufen.

»DA SIND SIE!«, brüllt Livi.

Irgendetwas sagt mir allerdings, dass meine Schwester damit gar nicht uns meint.

»Haltet sie fest!«, schreit sie jetzt.

Und – okay – möglicherweise richtet sich dieser Befehl jetzt doch an uns? Festhalten? Wen? Doch nicht diese Zottelmonster? Bin froh, dass sie ein paar Schritte weiter getrabt sind.

»Mist!«, ruft Gregory zur Begrüßung. »Die Dinger sind uns abgehauen!«

Livi stützt ihre Hände in die Hüften, um Luft zu kriegen.

Dann richtet sie sich auf und sieht nun auch uns an. Etwas weniger freundlich, als man vielleicht erwarten könnte. »Da seid ihr ja endlich! Das hat ja endlos gedauert. Gregory und ich waren den ganzen Tag allein. Ihr könnt direkt übernehmen. Ich hab keinen Bock mehr!«

Ich muss gestehen, selbst für eine von meinen kleinen Schwestern, die ja alle drei reichlich durchgeknallt sind und von denen Dodo und ich einiges gewohnt sind, empfinde ich dieses Willkommen als ziemlich – äh – verblüffend.

~ 10 ~

Cornelius und sein Schnäppchen

»Jetzt noch mal ganz langsam und in Rrruhe!«, bittet Javi. »Ich habe immerrr noch nicht verrrstanden, wieso wir das tun sollten. Und warum ist das Ganze Corrrnelius' Schuld? Weil Corrrnelius *was* gemacht hat?«

Es ist früher Nachmittag. Wir haben ein paar Nudeln gekocht, die wir in der Küche unseres Cottages noch von den vorigen Gästen gefunden haben. Jetzt sitzen wir alle mit unseren Tellern an einem riesigen runden Esstisch und lassen uns die Situation schildern. Nur Dodo liegt auf einem Küchensofa und schaufelt dort ihre Spaghetti in sich hinein.

Die Lage scheint etwas – hm – ungewöhnlich zu sein. Weswegen ich SEHR hoffe, dass ich einiges von dem, was Livory uns eben in aller Eile hingeworfen haben, falsch verstanden habe. Denn – honesto – das kann ja wohl gar nicht wahr sein!

Dodo hat bei Livorys kurzer und unvollständiger Erklärung direkt Atemnot bekommen. Die Bombe, die Livi eben platzen ließ, hat die Ärmste so geschockt, dass sie glatt umgekippt ist. (Vielleicht sollte ich in meine *Grundausstattung für Ladys* auch Riechfläschchen mit aufnehmen? Hat in früheren Jahrhunderten vermutlich aus ähnlichen Gründen oft Sinn gemacht, hihi!) Zum Glück ist meine treue Freundin nicht wirklich ohnmächtig geworden. Während sie zu Boden sackte, war sie nämlich immer noch in der Lage »MALDITA SEA! Ich glaub es nicht! ICH GLAUB ES EINFACH NICHT!« zu schreien. Trotzdem fühlt sie sich auch jetzt noch etwas matt.

Livi sieht mittelmäßig sauer aus, dabei liebt sie doch Tiere. Der Vormittag hier, ganz allein mit Gregory, muss ihr wirklich zugesetzt haben. Was auch kein Wunder ist, da muss ich meine größte kleine Schwester mal verteidigen. Denn, was sie uns erzählt hat, kommt ja praktisch einem Verbrechen gleich. Madre mía, ich bin wirklich nicht sicher, ob das überhaupt gesetzlich erlaubt ist!

Gregory dagegen hat ein leichtes Grinsen auf den Lippen. Typisch Gregory! Die meisten Sachen findet er einfach nur komisch. Ich mag Gregory. Man sollte wirklich vieles im Leben nicht so ernst und verbissen sehen.

Die Zerstörung eines Lippenstifts ist natürlich eine ernste Ausnahme. Wenn Iris und Cornelius endlich ankommen, muss ich sie sofort fragen, ob sie für die Ferien hier eine Haftschutzversicherung abgeschlossen haben. Meinen teuren Stift will ich ersetzt haben!

Als ich das noch mal kurz in den Raum werfe, rollt Gregory bloß mit den Augen.

»Aber sonst hast du keine Probleme, was?« Er lacht.

»Hmpf«, mache ich.

Gelegentlich finde ich Gregory auch ein kleines bisschen blöd. Oder zumindest unreif. Wäre er älter (er ist vierzehn, genauso wie Livi), hätte er bestimmt die Wichtigkeit eines jeden Schönheitsutensils einer Lady erkannt. Allerdings grinst Javi auch schon wieder. Jungs sind Blödmänner! Also, hm, manchmal jedenfalls. (Mein Javi hat nämlich ein total süßes Grinsen, deswegen grinse ich einfach mal zurück.)

Auf jeden Fall war das extrem unhöflich von diesem Vieh. *Das* wird ja wohl keiner bestreiten. Stellte sich übrigens raus, dass die Zottelmonster Alpakas sind. Ja, Alpakas!

Ich dachte ja, die gibt es nur in Südamerika. Doch anscheinend kommen die nicht nur in England, sondern auch im restlichen Europa immer mehr in Mode. Allein im kleinen Cornwall soll es bereits etliche große Farmen geben, die diese Tiere zur Wollgewinnung züchten.

Alpaka-Wolle. Bin mir fast sicher, dass das auf den

Labeln einiger meiner Pullis draufsteht. Es war mir nur nicht so klar, wie die Tiere aussehen, auf denen diese Wolle wächst.

Als Livory vorhin auf den Hof gerannt kamen, waren sie nicht nur total außer Atem, sondern auch in heller Aufregung. Eben, weil sie die Zottelviecher verloren hatten.

Auf unsere berechtigte Frage, warum die beiden denn mit vier Alpakas spazieren gegangen waren, hat Livi nur gestöhnt, und Gregory hat gelacht.

»Das soll euch Livi erzählen!«, hat er gemeint.

Da hat Livi noch mehr gestöhnt. »Erst müssen wir die Dinger in die Ställe da drüben bringen.« Und dabei hat sie auf das große Gebäude links vom Haus gedeutet.

Dodo fand das nicht besonders spannend und wollte sich verständlicherweise lieber endlich um ihre Sachen kümmern (eine von den anderen fetten Nasen hatte auch Dodos Handtasche inspiziert).

»Macht ihr gerne, was ihr wollt«, warf meine praktisch denkende Freundin freundlich ein. »Aber könnt ihr uns vielleicht zuerst unser Cottage zeigen?«

»Was wir *wollen*?«, hatte Livi da schon ziemlich bissig geantwortet. »WOLLEN?«

Honesto, Livi sah für einen Moment bissiger aus als diese Alpaka-Zottel!

An der Stelle fing ich an, mich etwas unwohl zu fühlen. Entweder hatte Livi einen schweren Anfall von Pubsertät (wie Kenny die Jahre nennt, durch die jeder vorm richtigen Erwachsensein durchmuss), da werden meine beiden größeren kleinen Schwestern in letzter Zeit manchmal etwas merkwürdig. Oder aber Livi war komplett durchgeknallt.

(Was für ein Glück, dass Dodo und ich nie unter Pubsertät gelitten haben!)

In jedem Fall hielt ich es für besser, nicht mit ihr zu streiten.

»Livi? Das Cottage?«, säuselte ich und schenkte meiner nervlich angeknacksten Schwester ein aufmunterndes Lächeln.

Sie dankte mir mein Lächeln mit Todesblick. Caramba, da wäre ich aber beinahe doch sauer geworden!

Gerade noch rechtzeitig mischte sich Gregory ein: »Ist das da drüben!«

Er deutete auf die Baracke, die von Kletterrosen umrankt war. »Die Tür ist offen. Livi hat schon in dem Dreier-Zimmer geschlafen. Du und Dodo, ihr könnt euch ein Zweierzimmer aussuchen. Ich schlafe mit Javi und Ramón auf dem Heuboden.«

Er nickte zum Stall auf der gegenüberliegenden Hofseite rüber.

»Auf dem Heuboden?«, echote Ramón. »Sind denn nicht genügend Zimmerrrr im Cottage?«

Da rollte auch Gregory mit den Augen, aber er

lachte gleich wieder. »Sieht so aus, als ob Cornelius leider vergessen hat, uns das Kleingedruckte im Mietvertrag vorzulesen, als er uns alle eingeladen hat.«

Das Kleingedruckte? Okay, solche Sätze überliest man gern, wenn man etwas unterschreibt. Aber was gibt es bei einem Mietvertrag für ein Feriencottage zu übersehen? Man guckt sich im Internet an, wie viele Zimmer es hat und was es kostet. Und wenn es einem gefällt, unterschreibt man den Vertrag.

Das sagte ich auch Gregory. Ich bin ja nicht doof. Ich bin ja Geschäftsfrau.

Doch bevor er antworten konnte, wurde er von seiner sonst so sanftmütigen Freundin angepfiffen. »Hilfst du mir jetzt endlich mal?«

Livi, die Ärmste, versuchte – erfolglos – die Alpaka-Zottel in ihre Ställe zu treiben. Das schien in etwa so leicht zu sein, wie einen Haufen kleiner Kinder in die Dusche zu scheuchen.

Ich persönlich fand an der Stelle ja, dass Livi es allmählich wirklich übertrieb mit ihrer Tierliebe. Zumal es nicht so aussah, als ob ihr dieser Zeitvertreib Spaß machte.

Warum sie es trotzdem tat, sollte ich wenig später erfahren.

Unser Ferien-Cottage ist also die Rosenbaracke auf der rechten Seite des großen Farmhauses. Und wenn man erst mal drinnen ist, ist dort alles tatsächlich genauso kuschelig englisch eingerichtet, wie ich mir immer ein englisches Cottage vorgestellt habe. Blumige Vorhänge, weiß gestrichene Deckenbalken, hellgrüne Wände. Und auf den Esstisch hat unsere Vermieterin netterweise auch noch einen bunten Strauß Wiesenblumen gestellt. Nur von außen hatte ich es mir anders vorgestellt. Irgendwie wilder, mit Reetdach oder so. Anscheinend nennen die Briten aber alles Cottage, was kein großes Haus ist und auf dem Land steht.

Mir soll es recht sein. Die Betten sind groß und bequem. Dodo und ich haben ein Zimmer für uns allein und müssen es nicht mit meinen drei Schwestern teilen. Was will man mehr?

Nur schade, dass Javi und Ramón auf den Heuboden verbannt sind. Doch das war anscheinend auch Teil des *Kleingedruckten*, den Cornelius uns verschwiegen hat.

Den schockierenden Grund aber, warum Cornelius problemlos dieses Cottage für alle bezahlen kann (obwohl Iris und Cornelius sonst sehr vorsichtig mit jedem Cent umgehen), verriet uns Livi, als wir alle am Tisch saßen.

»Dies hier ist eine Working-Farm!«, raunzte Livi und schaffte es trotzdem, sich gleich danach eine dick umwickelte Gabel Spaghetti in den Mund zu stopfen. »Wipft ihr, wapf dapf heißt?«

Nein, das wussten wir nicht. Aber eine Minute später.

Unter *Working Farm Holiday* versteht man einen Urlaub, bei dem Feriengäste auf dem Hof tatsächlich mit anpacken. Dafür sind die Zimmer dann superbillig, weil man ja seine Arbeitskraft umsonst anbietet.

Es gibt bestimmt viele Leute, die das interessant finden (unter dem Motto »*Mal was anderes*«) und die richtig Lust dazu haben. Es gibt aber garantiert genauso viele Leute, die dazu *keine* Lust haben. Und zwar gar keine! (Dodo und ich zum Beispiel.)

Ramón schien spontan auch nicht gerade Feuer und Flamme für diese Idee zu sein.

»Cornelius hat uns als Sklaven verrrrkauft?« Ungläubig riss er seine Augen auf. Doch gleich darauf lachte er los. »Das ist soooo typisch euer Vaterrrr!«

Amüsiert kicherte er in meine und Livis Richtung.

Ich hielt den Moment für angemessen, um auch mal zu schnauben. Allerdings war dieser Moment genau der, in dem Dodo mit ihrem »Maldita sea!«-Ausruf zu Boden sackte. Da mussten wir uns natürlich erst mal um die arme Dodo kümmern.

Und jetzt sitzen wir immer noch am Tisch, und mein guter Javi versucht tapfer, sachlich zu bleiben. »Und dass wirrrr hierrr alle arrrbeiten müssen, das hat Corrnelius tatsächlich unterrschrieben?«

»Ja«, bestätigt Livi düster.

»Sieht so aus«, nickt Gregory.

»*Deswegen* trrraut er sich nicht hierrrherrr!«, lacht

Ramón. »Deswegen ist err ganz hoch in den Norrrden von England nach Liverpool geflüchtet! Errr hat Angst, dass wirr sauerr sind.«

»Und damit liegt er auch knallrichtig!«, schnaube ich.

Ich meine, ich glaub es echt nicht! Cornelius hat fröhlich unterschrieben, dass Livi, Gregory, Dodo, Ramón, Javier und ich jeder zwei Stunden täglich auf diesem Hof hier ARBEITEN? Tickt der noch ganz richtig? Wir wollen doch Urlaub machen – am Strand liegen – in St. Ives shoppen gehen …!

Dodo und ich sind ja nun wirklich nicht arbeitsscheu. In der *Lauschigen Eiche,* der Seniorenresidenz bei uns in der Stadt, geben wir beide jeden Samstagnachmittag Beauty-Sessions. Die alten Ladys sind dafür total dankbar und Dodo und ich sind erste Klasse im Unterrichten von allen Stilfragen und Schminktipps. Aber – honesto – brauchen diese Zottel-Alpakas wirklich Schminktipps?

Kurz versuche ich mich an das Gesicht von der dicken Monsternase zu erinnern, die in meiner Handtasche steckte. Die Augen bräuchte man nicht wirklich betonen, die sind ja bereits riesig und dominieren das Gesicht total. Vielleicht die Stirnhaare etwas kürzen oder … ein kleiner Zopf? Hm … verbessern kann man immer was! Vielleicht sollte ich den Besitzern hier doch eine kleine Beautystunde anbieten?

Endlich hat Dodo ihre Spaghetti aufgemümmelt und dreht ihren Kopf zu uns. Sie sieht immer noch blass aus.

»W-w-was m-m-müssten wir denn genau tun?«, haucht sie.

Livi zuckt die Schultern. »Heute Morgen haben Sally und Robert uns nur gesagt, dass sie nicht damit gerechnet haben, dass statt sechs Arbeitskräften nur zwei da sind und dass sie leider den halben Tag weg sind, uns also nicht helfen können.«

Livi sieht mittelschwer gezeichnet aus von diesem Erlebnis.

»Wir mussten alle Alpakas auf die Weide treiben«, erzählt Gregory, »und dann später die vier von eben von einer anderen Weide in den Stall holen.«

»Sally hat gemeint, dass das wirklich nicht schwer sei«, seufzt Livi. »Aber habt ihr eine Ahnung, wie weit diese Weiden entfernt sind? Und wie oft diese sturen Tiere finden, dass ein anderer Weg eine viel schönere Idee wäre?«

»Und mehr als vier konnten wir pro Weg auch nicht mitnehmen«, ergänzt Gregory. »Es mussten aber zwanzig Tiere auf die Weide. Jetzt könnt ihr euch ausrechnen, wie oft wir hin- und hergerannt sind!«

Ramón fängt bei Livorys lebhaften Schilderungen wieder an zu lachen.

Ich schwanke ebenfalls. Livi erzählt so witzig, dass man echt kichern möchte. Was mich davon abhält, ist die Tatsache, dass die beiden behaupten, wir müssten jetzt *alle* arbeiten. Jeden Tag! Ich meine, *schluck*?!

»Das habt ihr bestimmt falsch verstanden«, versuche ich tapfer dagegenzuhalten. »Bestimmt hatten die Besitzer, Robert und Sally, nur gerade heute was Wichtiges zu tun und haben euch deswegen ausnahmsweise gebeten …«

Das Geräusch, das von Livi kommt und meinen Satz unterbricht, lässt allerdings keinen weiteren Zweifel zu.

»Cornelius hat zugesagt, dass wir hier alle jeden Tag zwei Stunden arbeiten«, fügt sie in grausamer Deutlichkeit hinzu. »Fragt ihn heute Abend selbst, wenn er endlich kommt!«

Mir sackt das Herz ein zweites Mal in diesen Ferien in meinen entzückenden Minirock. Ich sehe plötzlich die schrecklichsten Bilder vor mir. Bilder, die man sonst nur aus dem Fernsehen kennt.

Gewaltige Misthaufen.

Ameisen, die einem in die Socken krabbeln. (Oder in die Haare? Waaaaaaah!)

Staubige Stallböden. Staubwolken, wild wie Windhosen, die man womöglich mit Besen bekämpfen muss.

Haarige Kuhzungen, die einem über das gepflegte Gesicht schlecken. (Wie lang sind eigentlich die Zungen von Alpakas?)

Hühnereier, die man nicht, wie die von unserer lieben Aurora, in Remas Strickkorb oder unter süß duftenden Büschen bei uns im Garten findet, sondern die man in eklig stinkenden Hühnergehegen suchen muss. (Da hat Livi sooo recht. Hühner dürfen einfach nicht in stinkigen und viel zu kleinen Käfigen oder Hallen gehalten werden. Hühner brauchen, wie alle Wesen auf der Welt, genug Platz, Luft und Freude um sich herum.)

An das Ausmisten der Ställe, Holzhacken oder In-Gemüsebeeten-Ackern will ich gar nicht erst denken!

Und möglicherweise erwarten die Besitzer unsere Arbeitskraft auch noch *vor dem Aufstehen?* Da hört man im Fernsehen ja auch allerlei Schreckliches. Dass Bauern nämlich bereits um fünf Uhr anfangen, ihre Kühe zu melken. Honesto, *nach* dem Frühstück (also so gegen elf) wäre ja wohl auch noch Zeit genug!

Um nicht völlig die Fassung zu verlieren, zupfe ich an meiner Seidenbluse und poliere mit einem Zipfel meine strahlend schönen, heute zart lila lackierten Fingernägel.

Dodo folgt meinem Blick. Und sieht selbst so aus, als würde sie direkt noch mal zu Boden gehen wollen. Zum Glück brauche ich mir in der Richtung natürlich keine Sorgen machen. Meine Freundin liegt ja bereits auf dem Sofa.

Ich seufze noch einmal tief und elend nur für mich.

Doch dann versuche ich, mich zusammenzureißen. Caramba! Es gibt für jedes Problem eine Lösung. Garantiert! Man muss sie nur finden.

Oh, was tut eine richtige Lady in einer absolut ausweglosen Situation bloß?

~ 11 ~

Alles Alpaka-Kacke

»Wir hauen ab!«, verkünde ich, als Livi und Gregory die Küche verlassen haben, um zu duschen. »Wir setzen uns ins Auto und fahren einfach woandershin. Die können ihren Mist hier ohne uns schaufeln. Ich bin doch nicht blöd! Cornelius und Iris haben uns Urlaub versprochen und keine abgebrochenen Fingernägel!«

Sicherheitshalber funkele ich Ramón gleich drohend an, bevor der wieder losprusten kann, weil er vermutlich findet, dass es völlig egal ist, ob ein Fingernagel ladylike gepflegt oder matschig misthaufig aussieht. Jungs sind manchmal echt solche Flegel!

Dodo schaut erschrocken auf ihre eigenen Hände. »Oh Tessie, sag doch nicht so schreckliche Sachen!«

Und nun wiehert Ramón doch los. »Hahaha, ihrr

beiden! Ihrrr seid doch keine copo de nieve, keine Schneeflocke! Hierrr auf dem Hof zu arrrbeiten, macht bestimmt Spaß!«

»Außerrrdem haben wirr nicht genug Geld, um woanders zwei Wochen zu wohnen«, wirft mein manchmal schrecklich vernünftig denkender Javi ein.

Er rückt seinen Stuhl etwas näher zu mir und nimmt mich in den Arm. »Komm schon, querrrida, meine Liebste! Das schaffen wirrr!«

Sein Lächeln ist wirklich … hach, einfach Zucker!

Aber ich *will* nicht! Ich will das nicht *schaffen*. Warum sollte ich?

Dann überlege ich: »Sagt mal, haben Livory eben gesagt, Cornelius habe den Besitzern versprochen, dass sechs Leute hier arbeiten?« Ich rechne. »Dass Rema und Walter Walbohm sich in ihrem Alter nicht mehr auf einem Hof abrackern können, ist claro. Iris ist schwanger. Die ist auch raus. Und Kenny ist vermutlich zu klein. Aber was ist mit Malea?«

Meiner mittleren kleinen Schwester, die sowieso Energie für zehn Geheimagentinnen hat, würde ein wenig Farmarbeit bestimmt nicht schaden. Dann kommt sie wenigstens nicht auf verrückte Gedanken.

»Und was ist mit Cornelius?«, wirft Dodo ein.

»Genau!«, empöre ich mich. »Der ist ja wohl noch lange nicht im Rentenalter. Und schwanger ist er ganz sicher auch nicht.«

Javier und Ramón zucken mit den Schultern.

Dodo schwingt sich endlich vom Sofa runter und schnappt sich ihren Koffer. »Ich gehe mich jetzt erst mal umziehen. Und dann …« Sie guckt zu den Jungs rüber. »Wollen wir uns dann nicht mal dieses St. Ives genauer ansehen?«

Ramón nickt grinsend. »Sí, sí, gute Idee! Die Gummistiefel, die ihrrr euch kaufen wolltet, könnt ihr bestimmt gut beim Ausmisten der Alpaka-Ställe gebrrrauchen.«

Über meinen finsteren Finsterblick lacht er bloß.

Eine halbe Stunde später haben Dodo und ich wenigstens unser kleines Cottage-Zimmerchen schon mal gemütlich eingerichtet und sitzen auf einer niedlichen Bank im Hof, während wir auf die Jungs warten. Die Sonne kitzelt uns im Gesicht, und alles könnte wirklich schön sein, wenn uns nicht die Ställe gegenüber so drohend ansehen würden. Was hat sich Cornelius nur dabei gedacht, uns hier als Gastarbeiter zu verkaufen?

»Können wir mitkommen?«, fragt Livi, als sie jetzt auch nach draußen kommt.

»Sí, sí, claro«, nicke ich.

Javis Auto ist zwar nur ein normaler Fünfsitzer, aber Livi kann sich ja auf Gregorys Schoß quetschen.

»Ich hab gerade mit Cornelius telefoniert«, lässt uns Livi wissen. »Die werden nicht vor sieben oder acht Uhr abends ankommen. Liverpool ist anscheinend ganz schön weit weg von hier.«

Ich schüttele den Kopf. Das glaubt einem auch keiner, dass unser Vater zum Auftakt der Ferien zwei volle Tage einem Huhn hinterherfährt, bevor er an unserem Urlaubsort ankommt!

»Wieso wart ihr eigentlich in einer total falschen Stadt, als ihr Javi und Ramón vom Hafen abholen wolltet?«, fragt Livi.

Tsss, was soll das denn jetzt? Kleine Fehler bei der Anreise können ja wohl jedem passieren!

»Dodo und ich wollten uns schon immer mal Portsmouth angucken«, behaupte ich. »Außerdem lag es praktisch auf dem Weg.«

Livi zeigt mir einen freundlichen Vogel und geht dann rüber zum Stallgebäude. Dort steckt gerade eins von den Glupschäugigen neugierig seine dicke Nase über eine halb offene Tür. Fast sieht es aus, als hätte es ein Lächeln im Gesicht.

Okay, also richtig unfreundlich sind diese Viecher vielleicht nicht. Aber Lippenstifte sollte man nicht in ihre Nähe lassen.

»Na, mein Süßer?«, gurrt meine Tierschutzschwester und krault den wolligen Kopf. »Ich weiß noch nicht mal deinen Namen, aber ich glaube, du bist ein ganz schön Frecher, was?«

Das Grinsen von dem Zottel wird noch breiter. Er scheint Livi zu mögen.

Ich lächele. Jedes Tier und jeder Mensch mag meine älteste kleine Schwester. (Ich übrigens auch, hihi!) Sie ist so lieb und sanft wie kaum jemand sonst, den ich kenne, wird aber knallhart, wenn es um Tierschutz, Umweltschutz und andere wichtige Themen geht. Vor allem, wenn sie in Sachen Aufklärung unterwegs ist. Wenn es also darum geht, die Dringlichkeit dieser Themen in die Hirne von Leuten zu hämmern, die das immer noch nicht kapiert haben.

Eigentlich bin ich richtig stolz, eine Schwester wie Livi zu haben. Dass sie so genervt und bissig ist wie heute Morgen, kommt praktisch nie vor. Livi ist diejenige, die morgens für uns alle Pfannkuchen backt, wenn Cornelius im Keller Schlagzeug spielt und Iris im Tippen für eines ihrer Bücher mal wieder so versunken ist, dass sie Raum und Zeit (und ihre vier Töchter) völlig vergisst. Und fast immer ist es Livi zu verdanken, dass Kenny und Malea nicht ohne Schulbrot aus dem Haus gehen und gelegentlich sogar unsere Spülmaschine ein- und ausgeräumt wird.

Ja, Livi ist echt ein kleiner Schatz.

»Was grinst du mich so blöd an?«, ruft meine Schatz-Schwester zu mir rüber. »Stimmt irgendwas nicht? Hab ich noch Spaghetti in den Haaren oder so?«

Ich lache und krame mein Handy raus. »Nein, nein, Süße! Ich mach nur mal schnell ein Foto von euch beiden!«

Ich gehe ein paar Schritte näher an den Stall. Sofort dreht sich das Alpaka zu mir. Scheinen wirklich äußerst interessierte Tiere zu sein. Aus seinem Maul kommt ein quietschiges Geräusch, das man mit viel gutem Willen als Wiehern bezeichnen könnte. In meinen Ohren klingt es allerdings eher wie eine Mischung aus einem lauten Vogelpfiff und einer Trillerpfeife.

»Er erkennt dich wieder!«, ruft Livi erstaunt. »Guck mal, er mag dich!«

Tatsächlich ruckelt das Vieh jetzt ziemlich emsig an der Tür herum, vermutlich in der Hoffnung, sie aufzukriegen, wenn es sich nur doll genug dagegenlehnt.

Vorsichtshalber mache ich gleich wieder ein paar Schritte zurück.

Das Alpaka reckt seinen Kopf, so weit es kann, in meine Richtung. Was – bei dem langen Hals – ziemlich weit ist. Ich gehe lieber noch ein paar Schritte zurück.

Mein Rückzug lässt einen zweiten Trillerpfeifen-Schrei aus der Kehle hervordringen.

Livi lacht. »Der mag dich wirklich, Tessa! Guck mal, der will unbedingt zu dir!«

»Waaaah!«, entfährt es mir. »Halt ihn ja fest! Ist die Tür auch richtig fest zu?«

Honesto, dass dieses Vieh sich ein zweites Mal an mir oder meinen Sachen vergreift, das hat mir gerade noch gefehlt!

In diesem Moment biegt ein knallrotes Farmauto in den Hof ein. Noch bevor der Wagen zum Stehen kommt, springen zwei schwarz-weiße Collies laut bellend von der Ladefläche.

Hunde gibt es hier auch? Klein-Hugo wird vor Freude Purzelbäume machen!

Ein Mann und eine Frau kommen strahlend auf uns zu und begrüßen uns in perfektem Deutsch. Wie Livi schon vorher erzählte, ist der Mann Deutscher und hat mit seiner englischen Frau lange in Deutschland gelebt, bevor sie diesen Hof hier von ihren Eltern übernommen haben.

»Hallo, ihr beide müsst der zweite Teil unseres neuen Bluebell-Teams sein – willkommen!« Die Frau streckt erst mir, dann Dodo eine kräftige Hand hin. »Ich bin Sally und das ist mein Mann Robert. Dann fehlen unserem Team ja nur noch die beiden starken, jungen Männer, die euer Vater uns versprochen hat.«

Die beiden *starken, jungen Männer*, die in diesem Augenblick aus dem Haus kommen, haben den letzten Satz gerade noch gehört und grinsen breit.

»Frrreut mich, ich bin Javierrr!«, stellt sich Javi vor. »Und das ist Ramón.«

~ 12 ~

Unsere Arbeitspartner

Robert und Sally haben es sich nicht nehmen lassen, uns auch die vier Alpakas, die Livory heute Mittag von einer weiter entfernten Weide zurück in den Stall getrieben haben (oder denen sie vielmehr nachgelaufen sind), ausführlich vorzustellen. Die Farmer hier lieben ihre Tiere ganz offensichtlich.

Der Lippenstift-Rambo heißt Alfie und scheint bekannt dafür zu sein, ein ausgeprägtes Selbstbewusstsein zu haben. Die anderen drei aus seiner Gruppe sind Damen mit den süßen englischen Namen Lilly, Poppy und Daisy und haben, laut Robert und Sally, ebenfalls sehr prägnante Persönlichkeiten.

»Fast wie Menschen!«, hat Dodo überrascht gerufen.

Da hat Livi sie natürlich angeguckt, als ob Dodo gerade festgestellt habe, dass die Erde *keine* Scheibe ist. »Was hast du denn gedacht? Dass Tiere ausgestopftes Plüschspielzeug sind?«

Dodo guckte darauf leider noch blöder. Und bevor ihr Livi wieder mal erklären konnte, dass jedes Tier eine Seele mit Gedanken und Gefühlen hat, hab ich meine Freundin lieber schnell weggezogen. Wenn Livi erst mal in Fahrt kommt, ist sie nicht so schnell zu bremsen.

Denn Dodo weiß das doch alles! Sie ist ja nicht doof. Man ist halt nur manchmal überrascht, wie *sehr* Tiere in ihren Eigenheiten und Unterschiedlichkeiten wirklich Menschen ähneln. Oder besser gesagt, man vergisst es, wenn man nicht jeden Tag mit ihnen lebt und sie beobachtet. Denn dass Aurora und Hugo ganz eigene Gedanken – und einen noch eigeneren Willen – haben, das ist so klar wie der bezaubernd glänzende Lipgloss, den Dodo und ich für unseren Nachmittagsausflug aufgelegt haben.

Als Dodo und ich in Javis Auto gestiegen sind, hörten wir schon wieder diesen Trillerpfeifenton. Ohne Zweifel kam er wieder von Alfie. Der ist ja wirklich äußerst munter. Mann, sind Alpakas laut! Möchte wissen, wie Aurora auf die reagiert. Normalerweise übertönt sie mit ihrem eigenen Gackern ja sogar Klein-Hugo. Doch gegen Alfies Schrei wird sie nicht für fünf Futterkörner eine Chance haben!

Inzwischen rollen wir langsam zu sechst in das putzige St. Ives.

Die Straßen hier ähneln eher einspurigen Gassen. Und obwohl das Fahren von Autos überall erlaubt zu sein scheint, kommen wir nur im Schneckentempo voran. Vor allem, weil dauernd Fußgänger einfach vor unser Auto laufen, um auf die andere Straßenseite zu kommen. Etwas erschwerend ist außerdem die Tatsache, dass es hier scheinbar nur Einbahnstraßen gibt.

Eigentlich haben wir uns mit Sibylle und Goldi, Gregorys Eltern, am Hafen verabredet, aber sogar Javis Navi ist verwirrt. Vermutlich hat dem Navi keiner erklärt, dass man in manche Richtungen einfach nicht fahren darf.

»Ich parrrke jetzt einfach hier«, beschließt Javi schließlich, als wir direkt neben uns einen kleinen Kirchhof mit sechs oder acht Parkplätzen sehen. »Bis zum Hafen kann es ja nicht mehrrr weit sein.«

Zu Fuß können wir uns auch viel besser umsehen.

»Dodo, hier gibt's ja eine Boutique neben der anderen!« Entzückt drücke ich Dodos Hand. Wir stehen mitten im reinsten Paradies!

»Himmlisch!«, zwitschert auch Dodo begeistert. »Guck mal, Tessie, da drüben – die Handtaschen!«

In meinem Bauch knistert ein glückliches *Echte-Ladys-in-England*-Gefühl. Genauso hatte ich mir unsere Ferien vorgestellt!

Für Malea soll es in der Nähe auch einen Surfstrand

geben. Rema und Walter Walbohm können auf dem Hof in Liegestühlen das Leben genießen oder einen von diesen vielen putzigen Tea-Shops hier erkunden. Iris kann sich in der frischen Seeluft stärken. Kenny kann sich zwischen all den vielen Tieren auf der Farm austoben. Und Dodo und ich …

»TESSIIIIIE!« Dodo ist ein paar Häuser weitergegangen und hängt jetzt mit sehnsüchtigen Augen einen Millimeter vor einer Schaufensterscheibe. »Siehst du das kleine Oberteil da hinten? Das MUSS ich haben!«

Genau. Genau das meine ich. Ich lächele. Für meine restliche Familie ist gesorgt. Und nun genießen Dodo und ich *unser* Leben.

Ich schaue mir das Oberteil ein. »Das ist ein Bikini. Die beiden Teile werden bestimmt gar nicht einzeln verkauft.«

Doch meine zielgerichtete Freundin ist schon im Laden verschwunden.

Und an der Stelle verschwinden auch Livory – mit Augenrollen und Grinsen im Gesicht.

»Wir suchen schon mal meine Eltern!«, ruft Gregory, packt Livis Hand und läuft mit ihr die steile Straße zum Hafen runter.

Ich wende mich wieder dem Shop zu, in dem meine Freundin gerade verschwunden ist.

Dodo – die Gute – hat zwar eine Vier minus in Englisch im letzten Jahr gekriegt, aber wenn sie will, dann kann sie. Oh, und *wie* sie kann!

Stolz präsentiert sie uns ihre Beute nur wenige Minuten später. »Besonders am Strand will man ja wohl unbedingt richtig angezogen sein. Und dieses Schmuckstück sitzt wie angegossen.«

»Hast du nicht schon einen Bikini?«, fragt Ramón überrascht.

Honesto, Jungs kapieren es manchmal einfach nicht! Dodo und ich sind hart arbeitende Geschäftsfrauen. Und *wenn* wir schon mal in den Urlaub fahren, dann wollen wir das auch *richtig* tun. Weswegen wir uns auch gründlich vorbereitet haben. (Eine von Dodos und meinen goldenen Regeln: *Entweder du tust etwas mit ganzem Herzen, voll und richtig, oder du tust es gar nicht!*)

Das Wichtigste bei einem Strandurlaub ist natürlich der richtige Bikini. Um ganz sicherzugehen, auch ja nicht unpassend am Strand zu liegen, haben Dodo und ich keine Mühe gescheut. In tagelanger Arbeit im Internet haben wir jede fünf ganz entzückende Sets gefunden. Da die ja nicht viel Platz im Koffer wegnehmen, konnten wir uns zum Glück auch noch ein bisschen an Abendgarderobe einpacken. Kleine Seidenfähnchen, die bestimmt ganz entzückend im Nachtwind wehen.

In Spanien gibt es eine Strandbar neben der anderen, die die coolsten Milkshakes und leckersten Tapas machen. Das wird hier in Cornwall hoffentlich nicht anders sein. Und natürlich möchte man dort nicht rumlaufen wie vom Wind zerrupfte Heuschrecken, sondern angemessen attraktiv auftreten.

Ach, ich sehe uns vier – Dodo und Ramón und mich und Javi – schon abends beim Sonnenuntergang an der Strandpromenade abhängen! Hui – jetzt fange ich doch langsam wieder an, mich zu freuen – tengo ganas! Auch, wenn es Familienferien sind. Und auch, wenn …

Maldita sea! Eine winzige Sekunde lang hatte ich die dusseligen Alpakas und die noch dusseligeren zwei Arbeitsstunden pro Tag tatsächlich vergessen. Na warte, Cornelius, wenn du heute Abend ankommst!

Dann seufze ich ergeben. »Du, Dodo, wir müssen auf jeden Fall noch Gummistiefel kaufen!«

~ 13 ~

Fish & Chips und Gummistiefel

Bingo! Eine halbe Stunde später besitzen Dodo und ich hinreißend hellblaue Gummistiefel mit weißen (Dodo) beziehungsweise hellgrünen (ich) Punkten. Sehr cool. Bequem sind sie auch.

Gummistiefel scheint es in England tatsächlich in jedem zweiten Laden zu geben. Und in reichlich Auswahl dazu. Na, kein Wunder!

Jetzt, am Nachmittag, ist der Himmel allerdings wieder fast so blau wie unsere neuen Stiefel, die man hier Wellies nennt.

»Strand!«, schreien Dodo und ich gut gelaunt und ziehen Javi und Ramón die Straße runter Richtung Meer.

Im Hafenbecken ist gerade Ebbe. Malerisch liegen

Fischerboote auf dem Sandboden vertäut und warten darauf, dass das zurücklaufende Wasser sie irgendwann wieder schwimmfähig macht.

Und ganz hinten auf der Hafenmauer sehen wir auch Livory und Gregorys Eltern hocken und mit den Beinen baumeln. Als wir winken, raffen sie sich auf und kommen zu uns rüber.

»Habt ihr Lust, was zu essen?«, fragt Sibylle mütterlich.

»Immer!«, nicken Javi, Ramón, Dodo und ich.

Shoppen plus Seeluft macht hungrig.

»Wir stehen direkt vor einem Fish-&-Chips-Shop!« Goldi deutet auf einen kleinen Eckladen direkt an der Promenade.

Wir drehen uns um. »Oh, ja!«

Dodo und ich wissen natürlich, dass *Fish & Chips* auf Deutsch *Fisch mit Pommes frites* heißt. So viel haben wir im Englischunterricht schon mitgekriegt.

»Super!«, ruft Dodo. »Ich möchte meine Pommes bitte mit Ketchup!«

»Ketchup? Den gibt's hier nicht, du Banause!«, ruft Goldi und lacht. »In England würzt man die Chips mit Essig.«

Über Dodos verdattertes Gesicht, das genauso aussieht, als hätte da auch gerade jemand Essig drübergeträufelt, müssen wir alle lachen.

»Willst du mich auf den Arm nehmen? Ist heute der erste April oder so?«, fragt Dodo hoffnungsvoll.

Doch das mit dem Essig stimmt wirklich. Noch etwas gelernt! Und erstaunlicherweise schmecken die Pommes frites damit sogar richtig lecker. Ungewohnt saftig, aber lecker!

»Können wir öfter machen«, meinen auch Livory, obwohl Livi ihre Fritten natürlich ohne Fisch gegessen hat. Sie hat sich vor ein paar Monaten entschieden, nie mehr Tiere zu essen. Egal, welche. Und das muss man respektieren.

Und dann – fast ist es schon Abend – gehen wir endlich die paar Schritte rüber zu einem der Strände. Familien spielen hier mit ihren Kindern und in den Wellen tummeln sich Schwimmer und Surfer. Da wird sich Malea freuen!

Aus Ebbe ist Flut geworden und die Sonne scheint erstaunlicherweise wärmer als den ganzen restlichen Tag über.

»Ab morgen soll es richtig heiß werden«, meint Goldi, während er sich auszieht und in Badehose in den Sand fallen lässt.

»Muy bien – sehrrr gut«, meint Ramón. »Ich dachte schon, die Engländer machen nurrr Frrrühling und Herrrbst. Winter scheint es hierrr ja auch eher selten zu geben.«

Goldi nickt. »Im Vergleich zu eurem spanischen Wetter stimmt das sicherlich. Aber für ein paar Wochen wird es meistens auch hier auf der Insel richtig warm.«

»Dann lasst uns die Daumen drücken, dass diese Wochen genau jetzt anfangen!«, meint Sibylle und zieht dabei eine Strickjacke aus ihrem Rucksack, statt sich, wie wir anderen, auszuziehen.

»Frostködel!«, ruft Gregory neckend seiner Mutter zu und läuft mit Livi schon Richtung Meer.

Und wir anderen hinterher. Oooooh, herrlich!

Es ist fast zehn Uhr abends, als wir endlich das vertraute Geräusch unseres Siebensitzers im Hof der Bluebell-Farm hören.

Nachdem wir wunderschönst gebadet hatten, waren Sibylle und Goldi zurück zu ihrem B & B in St. Ives gegangen und wir sechs noch ein bisschen durch den Ort geschlendert. Doch dann sind auch wir zur Farm zurückgefahren.

Noch während Cornelius' Auto jetzt langsam über den knirschenden Kieselboden vor dem Cottage rollt, springen wir schon auf und rennen aus dem gemütlichen Wohnzimmer raus auf den Hof.

»Na, endlich!«

Cornelius fährt das Seitenfenster runter und grinst. »Das könnt ihr wohl sagen! Ich hatte zwischendurch schon die Hoffnung aufgegeben, überhaupt noch mal in Cornwall anzukommen. Aber …« Er guckt sich stolz und strahlend um. Ungefähr so wie ein Boxer nach einem hart erkämpften Sieg. »… hier sind wir!«

»Toooootoooooock!«, macht unser Lieblingshuhn

von hinten, reckt sich mühsam auf den Koffern hoch, streckt ihre Flügel aus und flattert hektisch.

Die Ärmste! Ich schätze, sie ist froh, aus dem rollenden Käfig endlich rauszukommen. Sehr bequem kann die lange Reise für sie nicht gewesen sein.

Ich merke wieder, wie sehr ich mich freue, dass Aurora mit uns allen zusammen hier ist, und noch mehr, dass sie nicht in einem nordenglischen Kochtopf gelandet ist. Meine Güte, das war knapp! Was, wenn Kenny nun nicht gesehen hätte, in *welches* Auto Aurora auf dem Parkplatz geflattert ist? Hach, da darf ich gar nicht drüber nachdenken!

»Wuff-ruff-wuuufffuffufff!«, kommt es von weiter vorne im Auto.

Und aus dem Schoß von Rema, die vorne neben Cornelius sitzt, taucht die neugierige Nase von Klein-Hugo auf.

Wir sind ja höflich und warten deshalb, bis Iris und Cornelius und Rema und Walter Walbohm in ihren Zimmern ausgepackt und sich dann zu uns gesetzt haben.

Kenny, die kleine Schnarchtüte, schnorchelte die ganze Zeit selig weiter und wachte auch von Hugos aufgeregtem Gebell nicht auf. Cornelius hat sie direkt vom Auto in ihr Bett in Livis und Maleas Zimmer getragen. Dort schläft sie jetzt tief und fest und wird sich wohl morgen früh wundern, wo sie gelandet ist.

Malea klimpert zwar auch mittelstark mit müden Augen, doch sie will unbedingt noch einen Kakao mit uns im Wohnzimmer trinken.

»Jetzt?«, fragt Livi irgendwann und guckt Javi, Ramón, Dodo, Gregory und mich fragend an.

»Bingo!«, nicke ich, denn ich kann es kaum abwarten, mich bei Cornelius zu beschweren.

Ich denke an meine sorgsam manikürten Hände und die drohenden Mistforken draußen und werde gleich wieder sauer.

Cornelius scheint die kleinen Wutwolken, die Livi und ich vermutlich gerade in den Raum pusten, zu bemerken. Er guckt ein bisschen komisch und kriegt direkt rote Ohren. Die kriegt er immer, wenn sein Blutdruck steigt.

Kein Wunder! Ein bisschen Schuldbewusstsein muss sein!

»Also, ihr seid lustig!« Cornelius bleibt nicht lange im reuevollen Verteidigungsmodus, sondern geht direkt in den Angriff über. »Was kann ICH denn dafür, dass ich durch GANZ England fahren durfte. Von Manchester sogar noch weiter bis ganz hoch nach Liverpool, wo ich auch noch eine Übernachtung für sechs Leute und zwei Tiere bezahlen durfte.« Er räuspert sich und macht eine Pause. »Mal ganz abgesehen davon, dass die Hotelbesitzer Aurora und uns angeguckt haben wie arme Irre. Hunde waren dort erlaubt. Aber dass Menschen ihr Hühnerfrikassee frisch und lebendig mit sich herumtragen, das haben die in dem Hotel wohl auch noch nicht gesehen.«

Er schnauft tief und empört und hofft wohl auf ein bisschen Mitleid. Claro, das war wohl eine ziemlich anstrengende Aktion! Doch auf Mitleid von uns kann er lange warten. Und das mit dem Hühnerfrikassee hätte er lieber nicht in Livis Gegenwart sagen sollen!

»Das finde ich NICHT witzig!«, raunzt sie unfreundlich. »Und überhaupt weißt du genau, dass wir von etwas ganz anderem reden, als dass die arme Aurora aus Versehen mit nach England gekommen ist.«

»Aus Versehen?«, röhrt Cornelius. »Aus VERSEHEN? Also, das ist ja wohl …«

Iris hält die Hand hoch. »Liebling! Ich glaube, die Kinder reden wirklich nicht von Aurora oder davon, dass Kenny sie heimlich ins Auto geschmuggelt hat!«

Cornelius stoppt irritiert mitten im Satz. »Nicht?«

»Nein«, bestätigt Livi und sieht immer noch nicht sehr freundlich aus.

»Ja, was …« Cornelius' Gesicht zeigt einen fast überzeugend ehrlichen *Ich-weiß-überhaupt-nicht-was-ihr-von-mir-wollt*-Blick.

Ich finde immer, dass er damit wie ein kleiner Junge aussieht. So muss er wohl als Kind ausgesehen haben, wenn seine Eltern ihn gefragt haben, wo denn die große Tafel Schokolade von Tante Erna geblieben sei, während er mit der Zunge die Reste um seinen schokoladenbraun verschmierten Mund weggeleckt hat. *Ich-weiß-überhaupt-nicht-was-ihr-von-mir-wollt!*

Cornelius seufzt. »Worüber wollt ihr denn dann reden?«

Ich kriege jetzt doch fast Mitleid mit unserem Vater.

»Über die Bluebell-Farm«, helfe ich Livi, damit wir endlich zur Sache kommen.

»Was ist damit?«, fragt Cornelius ehrlich überrascht. »Gefällt sie euch nicht? Ist doch großartig hier. Und dazu noch für einen Schnäppchenpreis!«

»Genau!«, sagen Livi und ich wie aus einem Munde. Denn das ist unser Stichwort.

»Über genau dieses Schnäppchen würden wir gerne reden«, füge ich hinzu.

Auch, wenn es dafür natürlich schon zu spät ist. Eine Farm braucht Arbeiter. Und Robert und Sally haben ja jetzt mit uns gerechnet und könnten so schnell bestimmt keinen Ersatz finden. Aber entschuldigen könnte Cornelius sich zumindest mal.

Doch Cornelius guckt immer noch wie ein Ochse auf der Pferderennbahn. Komplett planlos. Weiß er wirklich nicht, wieso wir sauer sind?

»Worum geht es denn?«, fragt nun auch Rema.

»Stimmt was nicht?«, mischt sich Walter Walbohm mit leicht besorgtem Blick ein. »Ist irgendwas kaputt? Sind die Betten durchgelegen?«

»Das Cottage ist wunderbar«, versichere ich und versuche dann, Cornelius endlich auf die Sprünge zu helfen, »nur die *Freizeitgestaltung* hatten wir uns etwas – ähm – anders vorgestellt.«

Iris sieht bestürzt aus. »Aber hier ist doch für jeden von uns was da! Malea kann surfen gehen, Rema und Walter können …«

Also jetzt reicht es mir aber! Die tun ja wirklich, als wüssten sie von nichts!

»Ach, und ihr dachtet, wir sechs …« Ich deute auf Livory, Dodo, Javi und Ramón. »… wir könnten, während ihr euch amüsiert und im Liegestuhl Bauchfalten kriegt …«

»*Bauchfalten?*«, quiekt Rema. »Tessa-Tiara! Das ist aber wirklich nicht nett von dir! Und das, wo ich gerade zwei Kilo abgenommen habe.«

Walter guckt erstaunt zu ihr rüber. »Hast du?« Er lächelt liebevoll. »Das gefällt mir aber gar nicht. Dann ist ja bald nichts mehr von dir übrig!«

Rema wirft ihm geschmeichelt eine Kusshand zu. (Unsere Rema ist natürlich nicht dick. Nur superweich und kuschelrund. Genau, wie eine Oma sein sollte.)

»So hab ich das doch gar nicht gemeint, Remi!« Ich tätschele entschuldigend Remas Hand. »Ich finde es nur so ungerecht, dass Cornelius uns als Sklaven verkauft, damit er das Cottage billiger bekommt, und uns noch nicht mal vorher was davon sagt.«

Hui! Da springt Cornelius aber direkt vom Stuhl auf. »Ich habe WAS gemacht? Euch verkauft?«

Seine Ohren leuchten wie Weihnachtsbaumkugeln. Jetzt sieht er nicht mehr aus wie ein kleiner Junge, sondern wie ein Stier. Bis zum Anschlag gereizt.

»Na ja«, nuschelt Livi jetzt schon etwas leiser, »jedenfalls so ähnlich.«

Ich halte es direkt für möglich, dass Cornelius wirklich keine Ahnung hat, was wir meinen. Dabei hat doch *er* den Vertrag unterschrieben!

Auch Iris schüttelt nun verärgert den Kopf. »Wovon bitte redet ihr?«

Da schildern Livory noch mal in aller Ausführlichkeit, wie sie heute Morgen von Sally und Robert geweckt wurden und ahnungslos den Alpakas zum Fraß vorgeworfen wurden.

»Das ist ja ein starkes Stück!«, empört sich Rema.

»Ziemlich frech!«, findet auch Walter Walbohm. »Die können doch nicht einfach ihre Gäste so schamlos ausnutzen.«

»Sally hat gesagt«, erzählt Livi, »dass dies eine Working-Farm ist und dass abgesprochen ist, dass sechs von uns hier jeden Tag zwei Stunden arbeiten.«

Cornelius glotzt, als würde er Livis Worte nicht verstehen.

»So was!«, ruft Iris. »Wie kommt die Frau dazu?«

»Sally und Robert sind übrigens total nett«, fügt Livi schnell hinzu. »Und das Frühstück, das wir heute Morgen bekommen haben, war voll fett und echt köstlich. Aber …«

»Aber sie will, dass wir für unser Essen hier arbeiten?« Walter Walbohm fasst sich erschrocken an sein Herz. »Also das kann ich in meinem Alter aber …«

»Du doch nicht, lieberrr Walterrr«, versichert Javi schnell und legt beruhigend eine Hand auf Walters Schulter. »Nur wirrr. Wirr jungen Leute.«

»Aaaah!« Auch aus Cornelius' Kehle kommt ein Laut der Erleichterung.

Das macht mich leider wieder sauer. »Du hast uns verkauft, Cornelius! Und du hast uns nicht mal was davon gesagt!«

»Blödsinn!«, meint Cornelius. »Iris, Liebling, hol doch mal den Vertrag aus dem Koffer! Das haben wir gleich. Da stand zwar was von Aktiv-Urlaub, und die Gegend hier ist ja auch wunderschön zum Wandern und Radfahren und …«

»Aktiv-Urlaub!«, schnaubt Livi. »Ja, so kannst du das auch nennen!«

Als Iris mit dem Vertrag zurückkommt und anfängt zu lesen, wird sie erst blass, dann guckt sie uns an, und schließlich … fängt sie an zu lachen.

»Oh Cornelius!«, kichert sie. »Ich fürchte, du hast eine ganze Menge gutzumachen bei deinen Töchtern und ihren Freunden!«

Sie grinst uns an. »Okay, aus diesem Vertrag kommen wir jetzt wohl nicht mehr raus, aber ihr könnt euch alle freuen! Nach euren täglichen Jobs hier kommen eine Menge Eiswaffeln, Kinokarten, Benzingeld und möglicherweise auch noch ein T-Shirt oder eine Bluse eurer Wahl auf euch zu! Gesponsert von uns. Was meinst du, Cornelius? Um es mal mit Kenny zu sagen: Hab ich recht oder hab ich recht? Hahahaha!«

Lachend reicht sie den Vertrag an uns weiter.

Cornelius lässt sich ergeben zurück auf den Stuhl fallen und lacht dann auch. »Das glaub ich ja nicht! Bitte verzeiht mir, da hab ich wohl nicht gründlich gelesen!«

Malea, die auf dem Sofa schon ein paar Mal eingenickt ist, greift ebenfalls neugierig nach den Papieren. »Hier gibt es Alpakas? Und mit denen dürfen wir arbeiten?« Ihre Augen leuchten. »Wie hammerhaifischcool ist das denn?«

»Meine Güte, Eiswaffeln, Kinokarten und dann noch Klamotten für alle?« Cornelius kratzt sich am Kopf. »Das wird ja teurer, als es eine Pension mit Meerblick gewesen wäre!« Er grinst uns alle der Reihe nach an. »Das nächste Mal buche ich ein Fünf-Sterne-Hotel. Sieht so aus, als käme unsere Urlaubskasse dabei besser weg.«

»Tja«, meint Iris und gibt ihm einen Kuss, »das nächste Mal beim Unterschreiben einfach die Brille aufsetzen!«

Als wir endlich alle im Bett liegen, merke ich, dass ich nicht mehr ganz so wütend auf Cornelius bin. Das lief besser, als ich dachte. Eigentlich sogar ziemlich gut! Und wie es der Zufall will, haben Dodo und ich heute auch schon zwei superschicke Oberteile gesehen. Die waren nur ein bisschen teuer. Aber wenn Iris und Cornelius zahlen?

Ich lächele zufrieden. Ja, meine Familie ist verrückt. Aber eigentlich hab ich alle total lieb. Auch meinen zerstreuten Vater.

Jetzt hab ich nur noch ein bisschen Sorge wegen meiner Fingernägel. Warum hab ich für diese Ferien bloß keine Handschuhe eingepackt?

(Müssen Dodo und ich unbedingt in unseren *Goldene-Regeln-Katalog* aufnehmen: *Handschuhe gehören in jeden Sommerkoffer einer echten Lady!* Zumindest, wenn sie Urlaub auf dem Land macht…)

~ 14 ~

Kampf auf Leben und Wasser

Es ist eine Sache, sich guten Mutes, und sogar mit ein bisschen Lust, seinen – wenn auch ungewöhnlichen – Aufgaben zu stellen. Dodo und ich sind Motivations-Profis. Heute Morgen nach dem Aufstehen haben wir uns als Erstes mit lauten, selbst ausgedachten Cheerleader-Songs muy estupendo – total klasse angefeuert.

»Hey-ho, Alpaka go!
Nase weg, Alpaka no!
Kacke schaufeln, Haare raufen,
Meilen laufen, nie verschnaufen.
Doch wir haben Mut, denn wir sind gut,
und wer uns blöd kommt, kriegt auf die Schnut!

Hey-hey-hey-ho,
hier kommt die Alpaka-Show!«

Beim Aufwachen hatten wir noch die schlimmsten Befürchtungen. Doch je lauter wir unseren Song geschmettert und dazu in unseren hellrosa Nachthemdchen (mit kleinen aufgestickten Blümchen am Saum – total monada, total süß) im Zimmer rumgehopst sind, desto mutiger haben wir uns gefühlt.

Hey-ho, die Alpakas können kommen, Dodo und ich sind bereit! Wir werden mit allem fertig – egal ob süße Senioren oder lippenstiftmampfende Zotteltiere. Garantiert! Dodo und ich sind die Größten.

(In zittrigen Zeiten empfehle ich übrigens jeder Lady, einen kräftigen Cheerleader-Song zu singen. So laut und so lange, bis sie sich besser fühlt. Das funktioniert – honesto, ehrlich!)

Selbstbewusst wie immer, und richtig gut gelaunt, traben Dodo und ich also, nach dem wirklich köstlichen Frühstück drüben im Farmhaus bei Sally und Robert und ihrem achtzehnjährigen Sohn Tim (der den Sommer über zu Hause ist, bevor er im Herbst zur Uni geht – hübscher Junge!), auf den Hof, wo wir uns zum Arbeitsbeginn treffen wollen.

Ja, es ist eine Sache, total motiviert, frisch geduscht und frisiert (wir haben uns für einen kunstvollen Dutt entschieden – nicht, dass uns die Viecher noch unsere Haare wegmümmeln), in Topform also, seine Arbeitgeber zu treffen. Doch leider ist es eine ganz andere Sache, wenn man zwei Minuten später tatsächlich seiner Arbeit ungeschützt und voll frontal gegenübersteht.

Als ich noch halbwegs mutig die Stalltür öffne, drängt Alfie sich mir sofort mit einem breiten Grinsen entgegen. Anscheinend findet er es großartig, dass endlich Leben in seine langweilige Stallbude kommt. Seine riesigen Glupscher kriechen fast in meine eigenen (heute nur dezent dekorierten, also der Situation angemessenen) ganz und gar *nicht* glupschäugigen Augen rein. (Heute tragen wir bloß einen Hauch von hellblauem Lidschatten, farblich perfekt abgestimmt mit unseren nagelneuen Gummistiefeln. Matscharbeit ist kein Grund, die eigenen Standards herabzusetzen!)

Ich erstarre ein wenig in meinem Mut. Madre mía! Können Dodo und ich bitte noch mal kurz zurück in unser Zimmer und drei bis sieben weitere Male unseren Motivations-Song brüllen?

»Hiiiilfe!«, hauche ich mal leise in Sallys Richtung rüber.

»Ihr werdet euch schnell an die Routine gewöhnen«, hat sie uns eben noch mit überzeugendem Lächeln versichert. »Zuerst sind die Boxen eurer Pflegetiere auszumisten. Und danach geht ihr eine Stunde mit Halfter und Strick mit ihnen spazieren. Das ist eigentlich alles, worum wir euch jeden Tag bitten.«

Die Bluebell-Farm ist nämlich ein Zuchthof, der Alpakas für andere Farmen trainiert.

Diese Tiere werden anscheinend nicht nur zur Wollgewinnung gehalten, sondern immer öfter auch für Natur suchende Urlaubsgäste. Sally und Tim behaupten, es sei sehr beruhigend, mit einem Alpaka spazieren zu gehen. Das tue besonders gestressten Städtern gut.

Damit die Alpakas das aber ebenso beruhigend finden, brauchen sie vorher wohl ziemlich viel Training.

»Sonst würden einige nämlich einfach im Galopp davonrennen«, lacht Tim, »und die armen Urlaubsgäste im Sturzflug hinter sich herziehen.«

Das kann ich mir leider nur zu gut vorstellen.

Aber was ist mit den armen gestressten Urlaubsgästen auf der Bluebell-Farm, für die die Aussicht, verrückte Zotteltiere zur Beruhigung zu trainieren, überhaupt gar nicht beruhigend ist?

»Auuu!« Mit einem Ruck hat sich Alfie an mir vorbeigedrängt und ist mir dabei frecherweise auf den Fuß getreten.

Nach meinem Aufschrei bleibt er überrascht stehen (merkt der denn nicht, wenn er auf den zarten Füßchen einer Person steht?), dreht seinen Kopf zu mir, reckt seinen Hals vor und …

Iiiiih, der Kopf kommt immer näher!

»NEIN!« Automatisch gehe ich rückwärts. »Weg! Weg!«

Und höre ich jetzt etwa Javi, Ramón, Livory und sogar meine beste Freundin kichern? Während ich hier von einem wilden Tier angegriffen werde?

»Kann mir vielleicht mal jemand helfen?«, rotze ich deutlich wütender hinter Alfie hervor.

»Iiiiiiiiiiiiiffffff!«, pfeift Alfie und drängelt sich als Antwort noch zwei Schritte näher an mich ran.

»WEG!«, rufe ich. »DICH meinte ich nicht!«

Lachen jetzt etwa auch Sally und Tim? Wie fies ist das denn?

»Er mag dich«, höre ich Sally rufen. »Keine Angst, er tut dir nichts. Er will dir nur einen Kuss geben.«

Einen Kuss? Von einem glupschäugigen Zottelmonster?

»HILFE!«, mache ich noch mal deutlich und gehe sicherheitshalber noch ein paar weitere Schritte rückwärts.

Huch, was steht denn da hinter mir im Weg rum?

»Weg da, Alfie, geh weg!« Tapfer versuche ich, seine aufdringliche Nase vor mir mit meiner Hand wegzuschieben.

Leider scheint er nicht zu begreifen, was ich will. Oder er scheint es nicht begreifen zu wollen.

Da ich hinten an irgendwas angestoßen bin und nicht weiter zurückweichen kann, bleibt mir nur, meinen Oberkörper, so weit ich kann, zurückzubeugen. Möglichst weit weg von den sabbernden Alpakalippen.

Hups – wohl ein bisschen *zu* weit! Denn ich verliere das Gleichgewicht und …

… madre mía, NEIN …

… ich falle!

»Hiiiilfeeeupp-blubb-lubb-upppp…!«

Als ich wiederauftauche, stelle ich fest, dass ich in einem Wassertrog sitze.

Meine gummibestiefelten Beine baumeln über dem Rand im Trockenen, doch der Rest von mir ist klatschnass. Von meinem kunstvollen Dutt rieseln rechts und links Rinnsale, die ich deutlich spüren kann.

Einen Moment bleibe ich einfach nur sitzen. Obwohl Alfies dicke Schnute sofort noch näher kommt. Doch, ich kann versichern, wenn der Schock zu groß ist, macht einem auch der drohende Kuss eines Alpakas fast nichts mehr aus.

Nur das Gelächter auf dem Hof… *das* ist wirklich frech!

Und – ich glaub es nicht! – ist das da etwa Cornelius mit seiner Kamera in der Hand?

»Köstlich, Tessa-Tiara, mein Prinzesschen, köstlich!«, wiehert mein herzloser Vater. »Das werden ganz wunderbare Urlaubsfotos!«

~ 15 ~

Zweite Runde Alpakastunde

Also, eins kann ich mal feststellen: Wenn man sich, um trocken zu bleiben, extra Gummistiefel anzieht und sich danach ins Wasser schmeißt, aber die Beine fein säuberlich draußen lässt, dann haben die Stiefel im Endeffekt auch nicht viel geholfen.

Alles an mir ist klatschnass. Außer meine Beine. Und außer meine nagelneuen, hellgrün gepunkteten englischen Wellies.

»Freu dich doch, Tessie!«, meint Dodo. »Wenn du dir nach dem Duschen frische Klamotten anziehst, hast du immer noch die Stiefel und kannst trocken und sicher durch den Matsch auf den Wiesen gehen. Wie blöd wäre das gewesen, wenn die neuen Gummistiefel jetzt nass wären!«

Na klar, wie blöd wäre das gewesen, wenn statt meines gesamten Körpers nur meine Gummistiefel nass gewesen wären! Honesto, merkt Dodo noch was?

Echt der Hammer! Nicht genug, dass auch Livory schnell ihre Handys gezückt haben (die werden die Bilder nach den Ferien ja wohl nicht in unserer Schülerzeitung veröffentlichen?) und sie sich alle köstlich amüsiert haben – einschließlich Alfie, der mir sichtlich begeistert volle Dröhnung die Ohren vollgepiept und -gesabbert hat, während ich noch hilflos im Trog hockte! Nein, Sally fragte auch noch ganz freundlich, ob ich mehr als fünf Minuten zum Umziehen brauche. Ich wolle ja nicht ihre Anleitung zum Säubern der Ställe verpassen.

Ha!

Duschen werde ich ja wohl noch dürfen! Wer weiß, wie viele Schnullernasen in den letzten Tagen aus diesem Wassertrog geschlabbert haben? Will ich mir gar nicht vorstellen! Kann ja wohl keiner von mir erwarten, diesen Sabber den ganzen Vormittag an mir kleben zu haben!

Doch die Sitten auf dem Land scheinen knallhart zu sein.

»Na, das hat ja lange gedauert!«, begrüßt mich Sally, als ich wieder raus auf den Hof komme.

Was denkt sie, wie lange es dauert, sich abzuschminken und völlig neues Make-up aufzulegen? Um mich von dem Schock zu erholen, musste ich nach dem

Duschen auch wenigstens eine kleine Gesichtsmaske einweichen lassen. Ist ja wohl das Mindeste!

Aber jetzt bin ich fit für einen zweiten Start. Glück im Unglück, ich habe immerhin das Ausmisten verpasst! Da freuen sich meine Fingernägel. Einen Tag länger dürfen sie ladylike aussehen.

Ausmisten heißt übrigens, alle Alpaka-Ködel mit Harke und Schaufel im Stroh aufzusammeln und draußen auf einer Schubkarre zu sammeln. Die Schubkarre darf man dann etwas weiter entfernt hinter dem langen Stallgebäude zu einem Misthaufen fahren. Was für ein Riechspaß!

Zum Glück machen das die Jungs. Denn das Entleeren der Karre oben auf dem Haufen ist nicht halb so einfach, wie es klingt. Lange, schmale Bretter führen steil auf den Berg voller Kacke. Auf denen muss man die schwere Karre gut ausbalanciert vor sich herschieben. Ausladen darf man nur ganz oben. Und wehe, man kippelt!

Gracias – danke! Hatte ich heute schon. Das Kippeln überlasse ich gerne für den Rest der Ferien Javi, Ramón oder Gregory. Dann hat Cornelius noch mehr schöne Urlaubserinnerungen für unser Fotoalbum.

»Da du dich ja mit Alfie schon so gut angefreundet hast«, findet Sally und guckt mich an, »solltet ihr beiden auch für die restlichen zwei Wochen zusammenbleiben.«

Zusammen? Wir *beiden*?

Äh, perdón – Entschuldigung, *zusammen* bin ich mit Javier und mit niemandem sonst! Und das wird auch so bleiben. Und falls es einmal nicht mehr so bleibt, dann wird Javis Position ganz bestimmt nicht von einem Alpaka ersetzt werden!

»Okay?«, fragt Sally, weil sie vermutlich etwas mehr Enthusiasmus von meiner Seite erwartet hat. »Ist das in Ordnung?«

Hm. Was, wenn ich jetzt Nein sage? Kriege ich dann womöglich ein noch schrecklicheres Zotteltier als diesen Alfie?

Madre mía! Hat da gerade etwa eine von den drei Stuten, die mit ihm zusammen im Stall standen, Tim gebissen?

Doch als Tim meine aufgerissenen Augen sieht, lacht er nur. »Unsere Poppy knabbert gern ein bisschen!«

Soso, sie *knabbert*!

»Wehe, DU fängst auch noch an zu knabbern!«, flüstere ich leise, aber drohend zu Alfie.

Immerhin hat er bereits meinen Lippenstift auf dem Gewissen, hat mir ins Ohr gepfiffen, sodass ich fast taub geworden bin, ist mir auf den Fuß getreten und hat mich in einen Wassertrog geschmissen … Was hat er noch vor?

»Da hast du dir wirklich einen ganz Lieben ausgesucht!«, meint Sally, klopft das grinsende Zottelmonster neben mir und hält mir Halfter und Strick hin.

Ausgesucht? Ähm, können wir bitte mal kurz festhalten, dass ich mir hier überhaupt *gar nichts* ausgesucht habe? Weder das Arbeiten im Matsch noch ausgerechnet dieses wilde Glupschauge.

Ungerührt zeigt mir Sally, wie ich am geschicktesten das Halfter über seinen Kopf streife. Dann klickt sie den Führstrick in einen dafür vorgesehenen Metallring. »Und schon seid ihr fertig!«

Als Nächstes widmet sie sich Dodo. »Und du? Nimmst du unsere liebe Poppy?«

Dodo reißt die Augen auf. »Ist das eine Fangfrage?«

Hihihi, ich nehme an, Dodo hat ebenfalls gesehen, dass genau dieses Alpaka-Mädel mit ihren Zähnchen gerne auch in andere Dinge als in Grashalme beißt.

Hinter mir höre ich noch mehr Giggeln. Das klingt dieses Mal aber weder nach Livory noch nach Javi oder Ramón. Nein, meine jüngsten Kicherschwestern schauen interessiert bei unseren Bemühungen zu.

»Du kannst auch gerne mitmachen, Malea!«, rufe ich. »Los, komm her!«

»Wir haben schon was anderes vor!«, wehrt Malea grinsend ab. »Kenny und ich gehen mit Hugo und Aurora ein bisschen die Gegend erkunden.«

Die Gegend *auskundschaften*, meint meine Schnüffelschwester wohl.

Kajalstiftklar, Malea hofft auch hier in Cornwall auf echte Geheimagentenarbeit! Na, immerhin ist sie dann beschäftigt und schnüffelt wenigstens uns nicht nach.

»Tim wird euch heute die große Runde zeigen, die wir morgens gehen.« Sally winkt uns zuversichtlich nach, als wir ihrem Sohn hinterher vom Hof marschieren.

Wie etwas unförmige Ponys mit viel zu langen Hälsen trotten die sieben Alpakas (Tim führt auch eins) neben uns her.

Livi hat ein besonders kleines, schneeflockig weißes, wirklich süß aussehendes Exemplar abgekriegt. Gregory kämpft dagegen mit einem ziemlich stattlichen, fast schwarzen Kerl, der ständig vor und zurück trabt. Sieht ein wenig anstrengend aus.

»Den Strick einfach nur ganz ruhig halten!«, rät Tim von vorne. »Dann beruhigt sich Sunshine schnell. Er kann es nur am Anfang gar nicht erwarten, endlich loszukommen.«

Das stürmische Wolltier von Gregory heißt Sunshine? Na, super! Wenn man schwarze Tiere in Cornwall *Sonnenschein* nennt, gibt es für das englische Wetter wohl doch wenig Hoffnung.

Ich werfe Alfie neben mir noch mal einen drohenden Blick zu. »Dass *du* dich ja anständig benimmst!«

»Pffffiiiiiiii!«, trällert das hellbraune Zottelchen in mein Ohr und kommt zur Sicherheit noch etwas näher. »Pffiiiiiiiiiffffiiiiiiii!«

»Hilfe …!«, murmele ich leise.

Trotzdem … Ich glaube, ich ergebe mich langsam meinem Schicksal.

»Pfiiiiffff«, macht Alfie da noch einmal ganz leise – es klingt mehr wie ein Schmatzen – und reibt sanft seinen Kopf an meine Seite.

Und plötzlich ertappe ich mich dabei, wie ich ihm übers Fell streichele. Honesto, das Vieh wird sich doch nicht etwa in mein Herz schleichen?

Von vorne gibt Tim das Zeichen zum Anhalten. »Hier machen wir ein paar Minuten Pause und lassen die Tiere grasen.«

»Hurra!«, ruft Dodo erleichtert, schmeißt die Führleine weg und schmeißt sich erschöpft zu Boden. Was ihre Alpakadame Poppy sofort zum Abhauen nutzt.

»HEY!«, brüllt Tim vorwurfsvoll, wirft Dodo einen bösen Blick zu und mir den Strick seines hellgrauen Alpakas.

»Hilfe!«, rufe ich automatisch das gefühlt fünfzigste Mal an diesem Vormittag, doch ich schaffe es trotzdem, die Leine aufzufangen. Bin selbst ganz beeindruckt. Sport gehört sonst nicht zu meinen Strahlefächern. Und Fangen schon gar nicht.

Livory, Javi und Ramón sind ein ganzes Stück hinter uns. Zu weit, um zu helfen. Brauchen sie auch nicht, denn ich hab ja alles im Griff. Besonders Tims Strick, hihi!

»Danke!«, ruft der hübsche Farmerssohn, schenkt mir ein Lächeln und rennt hinter Poppy her.

»Was war *das* denn?« Dodo guckt völlig verdutzt.

»Tim hat doch gesagt, wir sollen Pause machen und die Dinger grasen lassen, oder etwa nicht?«

Ich lächele zurück.

Allerdings nicht in Dodos Richtung.

»Tessa?«

»Ja?«

»Wo starrst du gerade so glasig hin?«

Ähm, wieso? »Netter Kerl, dieser Tim, oder?« Ich lächele immer noch.

»Tessiiiiiie!« Dodo hat schon wieder diesen nagenden Unterton in der Stimme.

Doch den überhöre ich einfach. Ich bin schließlich vollauf damit beschäftigt, jetzt zwei Alpakas festzuhalten.

Nachmittags, als wir am Strand im schnuckeligen St. Ives sitzen, macht Javi einen Spruch: »Du scheinst einen neuen Verehrer gefunden zu haben, querida, Liebste!«

Er grinst breit.

Javier gehört leider zu den latent eifersüchtigen Jungen dieser Welt. Was uns beiden schon öfter mal Probleme, einige heiße Streits und sogar für kurze Zeit eine Trennung eingebracht hat. Deswegen schrecke ich leicht zusammen. Oh no, nicht schon wieder!

»Honesto, Javi«, versuche ich ihn gleich in den Anfängen zu stoppen, »jetzt bilde dir bitte nichts ein, wo nichts ist. Ich kenne Tim gerade mal ein paar Stunden. Und, okay, er sieht natürlich ziemlich gut aus, aber, ehrlich, das habe ich kaum bemerkt. Ich sehe ihn bloß als Farmerssohn. Mehr nicht.«

Als hätte er völlig unerwartet eine Ohrfeige bekommen, fällt Javier das Grinsen plötzlich aus dem Gesicht. Eine Weile bleibt er stumm und guckt mich an.

Und schließlich sagt er: »Ich meinte eigentlich Alfie.«

~ 16 ~

Wenn zwei sich streiten … lauscht die Dritte

Klar wie Alpaka-Kacke, Javi und ich haben am Abend natürlich genau die Diskussion, die mir schon seit Monaten zum Hals heraushängt! Bloß weil Javi in dem Moment, als ich Tim erwähnte, begriff, dass es tatsächlich auch um Tim gehen könnte. Mann, ich werde ja wohl noch andere Jungs angucken dürfen!

Wie es seine spanische Art ist, geht Javi sofort von null auf hundert und argumentiert wüst rum. Dass er keine Lust habe, noch mal durch so einen Schmerz zu gehen wie damals mit Henry, höre ich aus seinem Redeschwall heraus.

»Da war nix mit Henry«, schnauze ich, weil mir das Thema langsam auf die Nerven geht.

Okay, da war doch ein klitzekleines bisschen was mit Henry, aber ich habe seitdem schon lange begriffen, wo die Grenze liegt. Sprüche machen ist okay, knutschen ist ein komplettes No-Go. Und daran halte ich mich. Weil ich nämlich nicht möchte, dass mein Javi meinetwegen noch mal Bauchschmerzen kriegt.

Dafür muss sich allerdings auch Javi an seinen spanischen Riemen reißen und nicht in jedem gut aussehenden Kerl, mit dem ich quatsche, gleich einen Rivalen wittern. Honesto, manchmal ist Javi wie einer von diesen spanischen Stieren. Voll nervig!

Trotzdem gibt mein Stier-Freund keine Ruhe. Dass er genau gesehen habe, wie ich diesen Tim den ganzen Morgen beobachtet habe, behauptet Javi.

»Na, und?«, gebe ich zurück, obwohl das gar nicht stimmt. »Selbst *wenn* ich das hätte, was ich NICHT habe, wäre das vielleicht verboten?«

Und dass ich Tim nach Javis Bemerkung sofort erwähnt habe und überhaupt gar nicht an Alfie gedacht habe, das zeige ja genau, dass ich ein Auge auf Tim geworfen habe, raunzt Javi. Warum sonst hätte ich sofort geglaubt, dass er von Tim rede und nicht von Alfie, was, Javis Meinung nach, viel naheliegender gewesen wäre.

»Ach, wäre es?«, raunze ich unfreundlich zurück. »Seit wann ist es naheliegender, dass sich Alpakas statt Menschen in mich verknallen?«

Da wird Javi aber erst richtig wild. »Du gibst also zu, dass dieser Tim sich in dich verknallt hat?«

»Bist du bescheuert?«, brülle ich. »Du drehst mir ja jedes Wort im Mund um! Das hab ich überhaupt nicht gesagt! Ich hab nur gesagt …«

In diesem Moment geht die Tür auf und meine kleine Mausenäschen-Schwester Kenny schiebt ihren Kopf zu uns rein. »Ihr seid voll laut, ey! Ich kann gar nicht schlafen!«

Ihre kleinen Knopfaugen sehen aus, als würden sie vom hellen Licht in unserem Zimmer geblendet.

Sie guckt sich erstaunt um. »Wo ist denn Dodo?«

Javi und ich geben keine Antwort.

»Wissen Mama und Papa, dass Dodo gar nicht hier ist?«, fragt Kenny.

»Äh, sie ist nur mal kurz rausgegangen, um frische Luft zu schnappen«, antworte ich und versuche, mich innerlich von dem Gezanke mit Javi wieder zu beruhigen.

Kenny guckt zum zugezogenen Fenster. Genau dort hören wir drei alle den Hammerregen gegen die Scheiben prasseln. Am späten Abend hat sich das Wetter mal wieder um hundertachtzig Grad gedreht.

Okay, war jetzt keine gute Ausrede mit dem Luftschnappen.

Ich schnappe ebenfalls kurz nach Luft. »Ich nehme an, sie ist für ein paar Minuten rüber in den Stall zu Ramón und Gregory gegangen.«

Ich schenke Kenny ein zuversichtliches Lächeln.

Kenny lächelt zurück. Ganz bezaubernd. Und komplett unbeeindruckt von meiner kleinen Lüge. »Wissen Mama und Papa *das*?«

Heilige Charme-Kanone, von meiner kleinsten Schwester können wir alle noch lernen!

»Kennyyyyy, wehe dir!« Ich versuche, ein bisschen böse zu gucken.

Ohne Zweifel sind Dodo und ich ja alt genug, um zu bestimmen, in welchem Raum wir schlafen. Aber Cornelius' Meinung zu diesem Thema zu hören, würde ich mir gerne ersparen. Er kann manchmal genauso vernagelt sein wie Javier.

Leider gucke ich nicht böse genug. Kenny lächelt noch breiter.

Ich bin mir natürlich hundertprozentig sicher, dass keine meiner Schwestern jemanden verpfeifen würde. Nur Pfeifen verpfeifen Freunde. Und Pfeifen sind wir alle nicht. Trotzdem fände ich es beruhigender, wenn Kenny aufhören würde zu grinsen und sich stattdessen wieder in ihr Bett verziehen würde. Ich muss nur kurz den Preis dafür herausfinden.

»Fahrt ihr die nächsten Nachmittage wieder an den Strand?«, zwitschert Kenny jetzt wie ein unschuldiges kleines Vögelchen.

Oh nein! Das ist ein ziemlich hoher Preis, finde ich. Auf die Nachmittage am Strand nur zu viert freue ich mich schon die ganze Zeit.

Doch Javi grinst. »Du kannst mitkommen, kleine Kenny! Aberrr jetzt gehst du fein schlafen, ja?«

»Klar, Javi, klar!«, ruft Kenny begeistert.

Und mit einem zufriedenen Grinsen lässt sie uns dann noch wissen: »Ihr könnt gerne noch weiterstreiten. Malea und Livi pennen voll fest, die hören gar nichts. Und ich guck mir sowieso noch Bücher mit meiner Taschenlampe an.«

Über so viel süße Unverfrorenheit müssen Javi und ich beide grinsen.

Und da ist uns plötzlich gar nicht mehr nach Streiten.

»Honesto, Javi«, sage ich und schmiege mich an ihn, »lass uns doch dieses blöde Thema endlich begraben! Ich schwöre dir, dass mich dieser Tim nicht für fünf Cent interessiert. Und sollte mich irgendwann mal ein anderer Junge interessieren oder dich ein anderes Mädchen, dann haben wir uns doch versprochen, dass wir uns das sagen. Oder?«

Javi nickt und drückt mich. »Sí, querida, du hast recht!«

»Und Vertrauen«, setze ich nach, »das gehört einfach dazu, wenn man sich liebhat, oder?«

Javi nickt und seufzt.

»Wenn wir beide die ganze Zeit nur aufpassen, dass der andere auch ja mit niemand anderem flirtet, dann ...«

»... macht das alles nicht mehr viel Spaß!«, vollendet Javi meinen Satz.

Ich nicke. »Genau. Besonders nicht, wenn man Ferien hat und einfach nur richtig genießen möchte.«

Es wäre schön, jetzt einfach, ohne noch weiterzureden, an Javis Seite einzuschlafen. Aber ich schätze, Dodo hat nicht viel Lust, die Nacht auf dem wenig luxuriösen Heuboden in einem Feldbett zu verbringen. Den Jungen scheint das zum Glück nicht viel auszumachen. Und Malea fände es bestimmt großartig, dort oben zu schlafen, aber ich fürchte, Dodos Stil ist es nicht.

Ich muss die Gute also erlösen. Netterweise hat sie Javi und mir Raum gegeben, sodass wir uns aussprechen konnten.

Javi gibt mir einen Kuss.

»Sagst du Dodo Bescheid, dass sie runterkommen kann?«, bitte ich.

»Claro – natürlich«, nickt Javi, »schlaf gut, mi amor!«

Es ist gut, dass Javi und ich endlich mal wieder ein paar Wochen zusammen haben. Und es ist okay, dass wir auch die Ecken und Kanten, die wir in den nächsten Jahren zusammen schleifen müssen, ab und zu mal angucken. Denn Ecken und Kanten gibt es natürlich immer, wenn zwei sehr unterschiedliche Menschen versuchen, ihr Leben miteinander zu verbringen. Aber ich spüre, dass unsere Ecken immer runder und vor allem weicher werden.

Und ich weiß genau, lieben tu ich nur meinen Javi!

~ 17 ~

Matsch und Mist …

Auch nach einer Woche auf der Bluebell-Farm reiße ich mich nicht darum, die mistig schwere Schubkarre den mistig steilen Bretterpfad auf den mistig hohen Misthaufen hochzuschieben. Doch alle anderen Arbeiten gehen Dodo und mir jetzt fast so locker von der Hand wie das Bettenmachen in der Lauschigen Eiche. Sogar das Einsammeln der mistigen Alpaka-Kackeködel im Stroh der Boxen. Was im Grunde ja auch nichts anderes als Bettenmachen ist. Statt dass wir die Betten frisch für Omis und Opis herrichten, machen wir sie jetzt eben für Tiere. Hinterher hat man immer ein richtig gutes Gefühl, finde ich. Weil man was geschafft hat nämlich.

Danach gehen wir täglich spazieren. In dieser wunderhübsch englischen Landschaft. Und mit *fast* braven Tieren. Soooo entspannend! Ich bin kurz davor, mich daran zu gewöhnen und das tatsächlich zu genießen, hihi!

Wir haben uns in den letzten Tagen in kleinere Gruppen aufgeteilt und sind gegangen, mit wem wir gerade Lust hatten. Ein paar Mal in Zweiergruppen, zum Beispiel alle Pärchen. Heute sind Dodo, Livi und ich zu dritt losmarschiert.

Natürlich führen wir immer dasselbe Tier aus. Alfie und ich kommen inzwischen richtig gut miteinander klar. Sogar Dodo hat sich mit Knabber-Poppy angefreundet, die eigentlich auch nur noch ganz selten knabbert. Und wenn, tue es gar nicht weh, behauptet Dodo. Livis weiße Zauberschönheit Misty ist sowieso das süßeste kleine Wollknäuel vom ganzen Hof, finde ich. Ich glaube, Livi findet das auch. Sie sieht superglücklich aus, wenn sie mit Misty durch die Gegend streift.

Vorgestern sind auch Kenny und Malea mitgekommen. Und Rema und Walter Walbohm haben sich ebenfalls schon mehrere Male freiwillig zum Spazierengehen mit Alpaka gemeldet.

Sally ist begeistert. »Ihr könnt gerne mit der ganzen Familie in den Herbstferien wiederkommen! Mit Huhn und Hund. Und, wenn ihr wollt, auch mit Hamstern, Fröschen oder was ihr sonst noch bei euch in Deutschland im Haus habt!«

»Haha!«, hat Cornelius gelacht. »Damit liegst du gar nicht so falsch.«

»Oh jaaaaa!«, hat Kenny gejubelt. »Dürfen wir in den nächsten Ferien wieder hierher, Papa?«

»Cornelius!«, hat Cornelius kurz eingeworfen. »Ich heiße Cornelius.«

»Das weiß ich doch, Papa«, hat Kenny wie immer gesagt und eine wegwerfende Handbewegung gemacht. (Denkt Cornelius wirklich, dass er Kenny das *Papa* noch abgewöhnen kann?) »Darf Bentje im Herbst dann auch mitkommen?«

Tatsächlich habe ich den Eindruck, dass sich meine gesamte Familie selten so zufrieden und erholt gefühlt hat wie hier auf dem Hof. Vielleicht sind Alpakas wirklich ein Geheimrezept zum Glücklichwerden?

Iris kann endlich mal die Beine ausstrecken und ihren immer dicker werdenden Bauch genüsslich in die Sonne halten – die tagsüber übrigens tatsächlich anhaltend scheint. Wir sind nachmittags fast jeden Tag zu einem der vielen Strände hier in der Gegend gefahren und haben gebadet. Auch Iris.

Und Malea ist ohne Unterbrechung gesurft. Sie ist aus dem Wasser gar nicht mehr rauszukriegen.

»Die Wellen sind hammerhai-stark!«, schwärmt sie ständig.

»Voll knalltoll!«, findet auch Kenny.

Iris hat ihr ein kleines Body-Board gekauft, mit dem

sie den halben Tag in den flachen Wellen rumrutscht, während Malea tatsächlich schon tolle Stunts in den höheren Wellen hinkriegt.

Rema und Walter Walbohm sitzen den halben Tag gemütlich im Schatten des Obstgartens und genießen Käffchen mit kleinen englischen Kuchen, die Scones heißen und echt *lecker-schmecker* sind, wie Kenny sagt. Und manchmal fahren die beiden Alten auch mit Iris und Cornelius nach St. Ives und treffen sich mit Gregorys Eltern Sibylle und Goldi.

Zum Glück haben wir zwei Autos, sodass wir anderen machen können, was immer wir wollen.

Einmal ist sogar Tim mit uns zum Strand mitgekommen, weil er uns eine geheime Badebucht zeigen wollte. Ich hatte schon das Schlimmste befürchtet, aber Javier hat das ganz locker genommen. Und ich habe superdeutlich gemerkt, dass Tim wirklich ein hübscher Kerl ist, aber dass ich meinen Javi liebhabe, wie sonst nichts und dass kein Tim diesem Gefühl gefährlich werden könnte.

Und ich glaube, dass das so ist, das hat Javi endlich auch gespürt.

Am glücklichsten scheinen aber Kenny, Malea, Aurora und Hugo zu sein.

Gestern ist Malea am Strand in St. Ives gefragt worden, ob sie beim jährlichen Surfwettbewerb nächstes Wochenende in der Kategorie der unter Fünfzehnjährigen teilnehmen will.

Ha – und ob meine Wellen-Wind-und-Wasser-Schwester wollte! Seitdem redet sie von (beinahe) nichts anderem mehr.

Und auch für unseren kleinen Hund und unser Lieblingshuhn ist Cornwall das absolute Paradies. Offizielle Spaziergänge mit Hugo finden schon lange nicht mehr statt, weil Hugo sowieso von morgens bis abends frei durch die Gegend toben kann. Und Aurora flattert fröhlich tockernd hinterher. An den Vormittagen, die meine beiden kleinsten Schwestern nicht am Meer verbringen, scheinen sie ebenfalls keine Langeweile zu haben. Die beiden bilden mit Hugo und Aurora ein eingeschworenes Team. Möchte wissen, was genau die vier in den Morgenstunden, in denen wir arbeiten, eigentlich tun?

Auf jeden Fall scheint jeder von uns glücklich und zufrieden zu sein.

Weil alles so gut läuft, haben Robert und Sally angekündigt, dieses Wochenende einmal freizunehmen, um Sallys Schwester zu besuchen. Wir haben es hier ja inzwischen profimäßig im Griff und Tim kennt sich natürlich mit dem Füttern und allem anderen gut aus. Deswegen haben Robert und Sally nicht die geringste Sorge, dass wir das auch ohne sie für zwei Tage gut hinkriegen werden.

Nur das Riesen-Frühstück, das uns Sally immer in der großen Farmhausküche serviert hat, wird zweimal ausfallen. Obwohl Rema, unsere liebe Rema, schon versprochen hat, dafür einen mindestens drei Meter hohen Turm aus Pfannkuchen zu backen. Zu diesem Pfannkuchenfest ist Tim natürlich auch eingeladen.

~ 18 ~

... und märchenhafte Ferien

Wir haben uns so gut mit Sally, Robert und Tim angefreundet, dass wir am Samstagmorgen tatsächlich in aller Frühe allesamt auf dem Hof stehen und winken, als die beiden abfahren.

Bevor der knallrote Pick-up vom Hof rollt, lehnt sich Sally aus dem Fenster.

»Hey, Team Bluebell!« Gut gelaunt winkt sie zu Livory, Dodo, mir, Javi und Ramón rüber. »Ich verlasse mich auf euch!«

»Das kannst du auch!«, brüllen wir gegen das tiefe Röhren des Dieselmotors an und sehen dem Auto zu, wie es die lange Auffahrt runterfährt und auf die Straße biegt.

»So, nun darf aber auch wirklich nichts schiefgehen!«, meint Rema, als wir zurück zum Cottage gehen.

»Ja, was um alles in der Welt könnte denn schiefgehen?«, tut Walter sofort ganz besorgt, aber er zwinkert uns zu. »Du hast doch nicht etwa vor, die Pfannkuchen anbrennen zu lassen, Renate?«

»Nein, nein!«, lacht Rema. »Soooo schlimm wird es schon nicht werden!«

Arm in Arm schlendern die beiden ins Haus.

Automatisch greife ich nach Javis Hand und drücke sie. Hach, so schön, dass sich Remi und Walter Walbohm ineinander verliebt haben! Beide sind so viel glücklicher, als sie vorher allein waren.

»Los, ihrrr beiden Turrrrteltauben!«, ruft Ramón. »Vamos – lasst uns loslegen!«

Und das tun wir. Wie jeden Morgen packen wir voller Energie unsere Mistgabeln und Schaufeln. Wir verteilen frisches Stroh, füllen die Heuraufen auf und bürsten inzwischen auch unsere Pflege-Tiere. All das flutscht so reibungslos, als hätten wir nie was anderes gemacht. Und das Verrückteste: Es macht riesigen Spaß!

Ich möchte den Tag gar nicht mehr anders beginnen. Wir haben ja danach noch den restlichen Vormittag und den ganzen Nachmittag und Abend, um am Strand zu liegen, in St. Ives zu bummeln oder einfach nix zu tun.

»Meine Eltern haben gesagt, ihr könnt den Job hier den ganzen Herbst und Winter behalten«, lacht Tim.

»Ihr seid die besten Helfer, die wir seit Langem hatten.«

Wie nett von Tim, das zu sagen – das geht runter wie Beauty-Butter!

Und wenn Dodo und ich nicht so entschlossen wären, erst unsere Schule zu Ende zu machen, bevor wir in eine große Karriere starten, dann fände ich das sogar verlockend. Warum sollten Dodo und ich nicht ins Alpaka-Business einsteigen? Da könnten wir nicht nur unsere Geschäftsfrauentalente zeigen (denn eine Farm gut zu managen, das ist nicht einfach – so viel haben wir hier schon begriffen), wir könnten auch allen anderen Menschen was richtig Gutes tun. Das macht nämlich fast am meisten Spaß, wenn man arbeitet, finde ich.

Ja, ehrlich, die leuchtenden Gesichter von unseren Ladys in der Lauschigen Eiche zu sehen, nachdem Dodo und ich ihnen wieder ein paar tolle Beauty-Tricks verraten haben, das ist mit Abstand das Schönste an unserem Job!

Ich bin tief in Alpaka-Karriere-Gedanken versunken, als meine Freundin vor mir mit Poppy abrupt stehen bleibt. »Ist was, Dodo?«

Dodo dreht sich zu mir um und lächelt. »Guck dir mal diese Aussicht an, Tessie? Ist das nicht Hammer?«

Wir sind auf einen kleinen Berg gestiegen, auf dem wir vorher noch nie waren. Durch einen Birkenwald kamen wir auf eine Riesenwiese und sind immer höher bis zum Gipfel gegangen. Jetzt können wir auf der anderen Seite runterschauen.

»Wow!«, mache ich.

Denn genau das trifft es. Der Blick von hier oben ist einfach nur wow!

Vor uns liegen dunkelgrüne Wiesen, auf denen Kühe und weiter hinten auch zwei Ponys grasen. Doch direkt dahinter liegt, wie ein endlos blau-grün-schimmernder und flimmernder Teppich, das Meer. Märchenhaft schön!

»Ich hatte keine Ahnung, dass man das von hier überhaupt sehen kann«, staune ich.

Der Berg ist gar nicht weit von uns. Keine halbe Stunde sind Dodo und ich mit Alfie und Poppy bis hierher gegangen.

»Das muss ich unbedingt Rema und Walter erzählen. Oh, das wird den beiden gefallen! Meinst du, der Aufstieg ist zu anstrengend für Rema?«

»Quatsch!«, meint Dodo. »Ich finde, die beiden werden mit jedem Monat fitter. Liebe macht stark!«

Wir kichern. Ach, es ist auch schön, ein paar Stunden einfach nur mit meiner besten Freundin zu verbringen!

~ 19 ~

Berge mit Ausblick

Rema ist sofort hellauf begeistert, als Dodo und ich beim Essen von dem herrlichen Blick aufs Meer schwärmen, den man oben auf dem Hügel hat.

»Großartig!«, freut sie sich. »Das machen wir gleich heute Nachmittag, was, Walter?«

Doch Walter Walbohm sieht nicht allzu spazierwillig aus. »Ich glaube, meine müden, alten Knochen brauchen mal einen Tag Pause. Und…« Er wirft einen entschuldigenden Blick zu Rema rüber. »Mein Knöchel, mit dem ich gestern etwas – äh – unglücklich umgeknickt bin, tut doch ziemlich weh. Ich glaube, es ist besser, wenn wir den Ausflug auf morgen verschieben.«

Der arme Walter ist zwar nicht so filmreif wie ich am ersten Tag in einen Wassertrog gefallen, aber er hatte ebenfalls ein kleines und ein wenig peinliches Missgeschick. Als wir nämlich gestern Abend noch alle gemütlich nach einem köstlich fetten Abendessen im Obstgarten hinter dem Cottage saßen, wollte er – lieb, wie er ist – unsere Rema retten und … musste dann doch selbst gerettet werden, hihi!

Ab und zu lassen Sally und Robert ein paar Alpakas auch im Obstgarten grasen. Sehr praktisch, das spart ihnen das Rasenmähen dort. Nicht ganz so praktisch für uns, denn wir müssen, bevor wir uns dort hinsetzen, erst einmal checken, *welche* Alpakas dort ihren Nachtisch mümmeln.

Die kleinen Zottelmonster sind ja größtenteils zahm wie wollige Schäfchen. Doch einige haben es auch ganz faustdick hinter ihren Stirnlocken. Wenn die sich von hinten anpirschen, sollte man lieber zusehen, dass man schnellstens davonkommt. Denn im besten Fall wird einem der Pulli angeknabbert, und im schlimmsten Fall riskiert man, gleich eine unschöne Ladung Spucke auf der Stirn kleben zu haben.

Gestern sahen wir, dass Alfie, Zorro und Rambo am unteren Ende des Obstgartens friedlich grasten. *Noch* friedlich! Denn wie Zorro und Rambo zu ihren Namen gekommen sind, wird einem spätestens klar, wenn man länger als drei Sekunden neben ihnen auf einer Weide gestanden hat. Als wir sie bemerkten, beschlossen wir also alle, recht zügig unser abendliches Chillen *vor* das Cottage zu verlegen.

Wir erhoben uns also eilig und machten uns aus dem Staub. Nur Rema, die Ärmste, kam nicht ganz so schnell hoch – sie ist ja nicht mehr die Jüngste und dazu noch wunderbar rund –, sodass Walter Walbohm – Kavalier aus altmodischen Zeiten, sooo süß! – ihr eilig zu Hilfe eilte. Ritterlich beugte er sich zu ihr runter, reichte ihr seine Hand und wollte ihr gerade mit einem kräftigen Ruck auf die Füße helfen, da … kippte er selbst aus den Latschen.

Rambo, der kleine Racker, hatte wohl mal wieder zu viel Pfeffer im wolligen Hintern und dachte, er spielt mal eine Runde Stier. Auf die nicht vorhandenen Hörner nahm er Walters schönen Hintern, der sich ihm direkt vor seiner Nase in aller Breite großzügig anbot.

PENG! Das hatte gesessen!

Walter flog fast über Rema hinweg, versuchte, seinen Sturzflug noch trippelnd aufzuhalten, doch konnte die Balance nicht halten und musste sich eine Sekunde später geschlagen geben. Mit einem »Au – verflucht!« ging er zu Boden.

Es war hart, nicht zu lachen. Doch zum Glück ist Walter unser wunderbarer, lieber Walter und lachte selbst am lautesten. Und ich schwöre, Rambo stand mit breitem Grinsen unter einem Apfelbaum und sah aus, als könne er keiner Fliege etwas zuleide tun.

Der arme Walter fällt also heute aus, was lange Wanderungen angeht.

Unsere Rema allerdings fühlt sich fit wie Alfie, wenn

er morgens ungeduldig aus dem Stall drängelt. »Morgen können wir ja noch mal zusammen gehen, wenn dein Knöchel wieder besser aussieht. Heute gehe ich dann eben mit jemand anderem.« Sie blickt sich in der Runde um. »Livi? Gregory? Oder was ist mit euch, Malea und Kenny?«

»Wir können nicht«, mampft Malea zwischen zwei Bissen Obstsalat, den Livi zum Nachtisch geschnippelt hat.

»Nö«, mümmelt auch Kenny, »wir haben voll was vor!«

»Was habt ihr denn so Wichtiges vor?«, frage ich, denn das interessiert mich schon die ganze Zeit.

»Dapf sagen wipf nipft!«, ruft Malea schnell, bevor Klein-Kenny noch irgendwas verraten könnte.

»Ihr macht doch keinen Unsinn?«, fragt Iris und schaut ein wenig alarmiert hoch.

Kenny und Malea schütteln heftig den Kopf. »Ganpf bestimmpft nipft! Dapf, wapf wir machen, pfinden Pally und Pfobert bestimmpft ganpf toll!«

Oh. Ein leicht warnendes Gefühl in meinem Magen sagt mir, dass das leider so klingt, als könnten Sally und Robert das vielleicht doch *nicht* ganz so toll finden. Aber ich finde, darum muss ich mich wirklich nicht kümmern. Dafür sind ja wohl Iris und Cornelius zuständig.

Weil keiner Lust hat, mit Rema auf den Berg zu steigen, beschließt sie, alleine zu gehen. Und weil das ja nun wirklich kein Ding ist, hat auch Walter keine Bedenken, seine liebe Renate allein losziehen zu lassen.

»Du brauchst vielleicht eine halbe Stunde bis zum Gipfel, wenn du ganz langsam gehst, Remi«, sage ich. »Da oben ist eine Bank, auf der du dich dann ausruhen kannst. Und dann kannst du superlangsam zurückschlendern.«

Rema streicht mir über die Hand. »Danke, Tessie, aber ich bin ja noch nicht neunzig! Ich bin hier jeden Tag spazieren gegangen. Manchmal zwei Stunden. Und wenn keiner mitkommen will, nehme ich eben Hugo mit. Der kommt bestimmt mit. Bis später!«

Weg ist sie, unsere wunderbare energische Rema.

Und wir?

»Strand?«, schlägt Dodo vor.

»Gute Idee!« Wir haben alle schon einen netten kleinen englischen Sommer-Teint bekommen. Den würde ich gerne noch etwas verstärken.

»Will jemand mitkommen?«, frage ich. »Iris, du?«

»Wir kommen beide mit«, grinst Cornelius. »Baden wird uns guttun, oder, mein Liebling?«

Irgendwie ist es fast unfassbar, wie harmonisch plötzlich alles bei uns läuft. Kein Streit, keine schlechte Laune, keine Beschwerden von meinen Schwestern. Alle sind ein Herz und eine Seele. Ich bin kurz davor, mich zu langweilen.

Hahaha, naranjas – Quatsch!! Das bin ich natürlich

nicht. Ich genieße diese Wohlfühl-Atmosphäre mit voller Wucht und voller Seele.

Erst am späten Nachmittag kommen wir von unserem Lieblingsstrand zurück auf den Hof.

Als die Jungs oben auf dem Heuboden verschwunden sind, lausche ich. Höre ich da Kichern?

Auf der einen Seite des Heubodens stehen, vom Rest abgetrennt mit einer kleinen Wand, die Betten von Javier, Ramón und Gregory. Auf der anderen Seite lagern hohe Stapel von Heuballen. Das Kichern kommt von der Seite mit dem Heu und Stroh.

»Warte mal, Dodo!« Ich halte meine Freundin am Arm zurück und deute nach oben. »Ich glaube, ich weiß, wo sich Malea und Kenny die ganze Zeit rumtreiben.«

»Die bauen bestimmt Höhlen da oben«, grinst Dodo. »Das finden Kinder total toll.«

Wir lauschen.

Und hören lipglossklar die Stimme meiner Schnüffelschwester Malea: »Hast du das gesehen, Kenny? Da ist eben noch mehr Wiese verschwunden!«

»Boah, ey, ja, ey, boah!«, macht Kenny. »Ist das ein fettes Loch oder ist das ein fettes Loch?«

Löcher in Wiesen! Ich muss echt grinsen. Was für Welten sich die Kleinen immer ausdenken! Welten, in denen Dinge einfach verschwinden oder Wiesen fliegen oder was auch immer. Was für eine Fantasie!

Anscheinend hat Malea ihre Spionierdienste wiederaufgenommen. Schätze, dass die beiden oben vom Heuboden aus die Gegend mit ihren Ferngläsern beobachten. Und da hier ja so herrlich wunderbar gar nichts passiert, denken sie sich eben was aus.

Auch Dodo grinst. »Lass sie weiterspielen! Komm, wir gehen uns umziehen!«

Im Wohnraum des Cottages finden wir Walter. Der Gute wirkt leider ein bisschen aufgelöst.

»Eure Rema ist immer noch nicht zurückgekommen«, begrüßt er uns. »Dabei ist sie vor über drei Stunden losgegangen!«

»Walter!« Ich muss direkt grinsen über seine süße Besorgtheit. Er beschützt unsere Rema, wo er nur kann. »Das ist doch nicht schlimm. Der Ausblick da oben ist wirklich unglaublich. Ich nehme an, sie sitzt immer noch da oben und genießt.«

»Hm«, macht Walter, seufzt leise und humpelt vors Haus, wo er sich auf die Bank setzt.

Honesto, dieser Beschützerinstinkt von ihm ist natürlich total süß, aber gelegentlich auch etwas übertrieben. Unsere Rema ist ja kein kleines Kind, das verloren gehen und nicht mehr nach Hause zurückfinden könnte.

Immerhin scheine ich ihn beruhigt zu haben.

Bis wir alle beim Abendessen zusammensitzen. Das übrigens eigentlich Rema kochen wollte.

»Remi ist ja gar nicht da«, bemerkt jetzt auch Kenny.

Und ich muss gestehen, DAS ist nun wirklich ungewöhnlich. Eine Mahlzeit würde Rema NIEMALS freiwillig ausfallen lassen.

Walter ist in heller Aufregung. »Ich wollte ihr eben hinterhergehen, aber mein verfluchter Knöchel …!« Er seufzt dieses Mal eher wütend. »Ich fürchte, das Ding ist gebrochen.«

»Was?« Cornelius horcht auf. »Lass mal sehen, Walter!«

Walter Walbohm lüftet sein Hosenbein und zeigt uns den unteren Teil seines Beines.

Er versucht zu grinsen. »Tja, sieht leider eher aus wie eine matschige Avocado, was? Sonst wäre ich Renate schon längst hinterhergegangen. Aber ich komme einfach keine zwei Meter weit.«

Ach du dickes Bratei! Der sieht aber wirklich gar nicht schön aus. Warum hat Walter denn nicht früher was gesagt? Der Knöchel ist auf mindestens die doppelte Größe angeschwollen und sieht grün und blau aus. Nein, damit sollte er überhaupt nirgends mehr hingehen.

»Walter!« Auch Iris ist entsetzt. »Cornelius fährt dich sofort ins Krankenhaus nach St. Ives. Das muss geröntgt werden.«

Haha, mit Krankenhäusern und Röntgengeräten hat Cornelius Erfahrung. Er ist dort praktisch Stammkunde.

Doch davon will Walter nichts hören.

»Erst finden wir Renate!«, fordert er mit lauter Stimme und lässt seine Hand zur Bekräftigung auf die Tischplatte knallen.

Hui – da schrecken wir aber alle richtig zusammen! So kennen wir Walter gar nicht.

Iris sieht etwas irritiert aus. »Hm, also … du hast recht! Cornelius, lass uns bitte schnell zusammen mal auf diesen Berg gehen, ja? Mir ist allmählich auch nicht ganz wohl dabei, dass meine Mutter so lange verschwunden ist.«

»Hugo und Aurora sind auch verschwunden«, gibt Kenny zu bedenken.

»Rema hat Hugo mitgenommen«, erinnere ich die anderen. »Und wo Hugo hingeht, da flattert auch Aurora nicht weit.«

»Das stimmt«, grinst Javi. »Trrrotzdem sollten wir Rema suchen gehen. Aberrr du, Irrris, du bleibst hier. Ramón und ich joggen schnell dorrt rauf. Dafürrr brrrauchen wir keine zehn Minuten.«

»Angeber!«, grinst Dodo.

Doch wir sind alle froh, als die beiden in recht zügigem Tempo vom Hof federn.

Keine zwanzig Minuten später sind sie wieder zurück. Ohne Rema. Dafür mit einem schlammübersäten, total unglücklich aussehenden Hugo.

»Wie siehst DU denn aus?« Livi streicht ihm übers Fell, aber erwischt nur dicke Klumpen Erde.

»Und wo hast du Rema gelassen?«, fragt Gregory.

»Wuff!«, macht Hugo etwas erschöpft, aber gleich danach rafft er sich zu einem energischen »RUFF-WUFF-WUFFFFF!« auf.

»Den haben wirrr hinterrr einem Zaun gefunden«, erzählt Ramón. »Er verrsuchte verrzweifelt, da durrrch-zukommen. Aber weil hier ja alle Zäune mit Drrrähten verrstärkt sind, hat err es nicht geschafft. Und das Gatterrr konnte er nicht öffnen.«

»Wuuuuhuuuuuuff!«, heult Hugo. »Wuhuuhuuhu-huuuuff!«

»Aber wo ist meine Mutter?«, haucht Iris mit ängstlich aufgerissenen Augen.

»No lo sé – keine Ahnung.« Ramón guckt betreten zu Boden.

Ich schaue zum Himmel. Es wird langsam, aber deutlich dunkel.

Und ich kriege Angst. Richtig fette Angst.

~ 20 ~

Eine verschwundene Rema

Iris will sofort die Polizei alarmieren.

Tim stimmt betroffen zu. »Natürlich. Ich rufe Mum's Cousin an. Der leitet die Polizeistation in St. Ives. Ich bitte ihn, ein paar Mann auf den Berg zu schicken.«

Es ist unschwer zu erkennen, dass ihm deutlich wohler wäre, wenn seine Eltern jetzt auf dem Hof wären.

»Ich kann hier nicht sitzen und warten«, stöhne ich, »wir sollten mehrere Suchmannschaften bilden und die ganze Gegend abkämmen.«

Cornelius nickt. »Du, Iris, bleibst mit Walter hier. Sozusagen als Hauptquartier.«

»Hauptquartier?« Malea hebt den Kopf, ihre Augen fangen an zu glänzen.

Diese Vokabel kennt sie natürlich aus ihren James-Bond-Filmen.

»Ihr macht auch mit!«, bestimme ich.

Maleas Augen glänzen noch mehr.

»Wir haben auch so was oben auf dem Heuboden«, verkündet Kenny mit wichtiger Miene.

»Schtttt!«, macht Malea, weil Kenny dieses Geheimnis wohl nicht verraten soll.

Da wird Kenny aber muffelig. »Aber das ist doch vielleicht wichtig, Malea! Du hast außerdem auch gesagt, was wir machen, ist voll wichtig.« Sie legt ihren Kopf schief. »Und ist Remi jetzt voll wichtig oder ist Remi voll wichtig?«

»Was macht ihr denn Wichtiges?«, mischt sich Gregory ein. »Ich meine, was macht ihr denn genau?«

»Och, hmm …«, nuschelt Malea.

Doch nun übernimmt Kenny. (Geheimnisse zu behalten, ist sowieso nicht ihre Stärke.)

»Wir haben da oben was gebaut«, erzählt sie stolz. »Malea sagt, das heißt Geheimagentenzentrale. Da können wir ALLES sehen. Mit Ferngläsern und so.«

Die beiden können die ganze Gegend sehen? Das ist ja maravilloso – hervorragend!

Endlich ist Maleas Schnüffel-Wahn mal von praktischem Nutzen. Jemanden, der von oben alles im Blick hat, können wir gut gebrauchen.

»Na, bingo!«, ermuntere ich meine kleinste Schwester. »Dann nix wie rauf in eure Geheimagentenzentrale! Und alles, was ihr seht, gebt ihr sofort an unser Hauptquartier weiter, okay?«

»Okay!« Und – wupps – sind meine beiden jüngsten Schwestern verschwunden.

Von hoch oben, knapp unter dem Stalldach, hören wir wenig später Kennys Stimmchen: »Du, Malea? Sollen wir auch alles, was wir vorhin schon gesehen haben, dem Haupt-Quark-Tier melden?«

»Weiß nicht«, höre ich Malea antworten.

»Das Haupt-Quark-Tier ist Mama, oder?«, erkundigt sich Kenny. »Ich frag sie mal.«

Und schon brüllt sie von oben in den Hof. »Mamaaaaa?«

»Nein, das braucht ihr nicht!«, rufe ich hoch. »Passt einfach nur auf, was jetzt passiert, ja? Wir wollen jetzt wirklich nur Rema finden.«

»Okay, Tessie!«, kommt Kennys süßes Stimmchen von oben.

Fast muss ich lächeln. Irgendwie ist es schön, dass Malea und Kenny ein solches Vertrauen in die Welt haben, dass sie das hier fast als Spiel betrachten. Ihre Aufgabe, alles genau zu beobachten, nehmen sie ernst. Aber von Panik, dass Rema wirklich was passiert sein könnte, keine Spur.

Dafür merke ich, wie *ich* langsam panischer werde. Es ist so *gar nicht* Remas Art, ohne Ankündigung nicht nach Hause zu kommen.

Doch Panik sollte eine Lady nie zeigen. Schon gar

nicht, wenn die eigene Mutter aussieht, als würde sie gleich ohnmächtig werden, und man die deshalb lieber stützen sollte.

»Iris!« Ich gehe zu ihr rüber und streiche beruhigend über ihre Hand. »Ich bin sicher, wir haben Rema gleich gefunden. Im schlimmsten Fall ist sie, wie Walter, irgendwo umgeknickt, hockt jetzt im Gras und wartet auf Hilfe.«

»Und warum haben Javier und Ramón sie dann nicht gefunden?«, gibt Iris zurück.

»Weil Rema auf dem Rückweg wahrscheinlich eine andere Route genommen hat«, vermutet Livi. »Deshalb verteilen wir uns ja jetzt und suchen ALLES ab.«

»Hhrrrgh«, macht Iris, versucht aber, brav Luft zu holen und nicht durchzudrehen.

Gerade als wir in Zweiergruppen losmarschieren wollen, kommt Tim aus dem großen Farmhaus zurück. »Mein Onkel ist unterwegs. Er fährt mit zwei Mann direkt zum Berg. Sie steigen auf der anderen Seite hoch. Vielleicht wollte eure Rema versuchen, bis ganz zum Meer zu laufen.«

Iris nickt. »Danke, Tim, das ist wunderbar! Vielen Dank!«

Hugo bellt noch immer wie blöde. Er läuft zwischen unseren Beinen rum, ist überall im Weg und hört einfach nicht auf mit dem Gejaule.

»Nimm ihn doch rein, Iris, und sperr ihn in die Küche!«, bittet Cornelius. »Der Hund macht mich ganz irre. Ich hab Angst, dass ich ihm gleich auf die Füße trete. Der ist ja völlig verrückt heute. Das hilft uns jetzt wirklich nicht.«

Als Iris Klein-Hugo am Halsband erwischt, wehrt der sich, als habe sie vor, ihn zu ertränken. Doch zum Glück ist er kein großer Hund und so hat Iris ihn schnell gepackt und ins Haus befördert. Dort hören wir ihn jetzt etwas gedämpfter, aber ungebrochen in der Küche bellen.

Richtig wütend hört er sich an. Doch darauf können wir jetzt nicht achten. Natürlich ist er es gewohnt, frei auf dem Hof rumzulaufen, doch eine Stunde im Haus wird ihm nicht schaden.

Javi und ich machen uns auf, um die Gegend links vom Berg zu erkunden. Livi und Gregory gehen rechts herum. Dodo und Ramón kämmen den ganzen Weg in der Mitte noch mal gründlicher ab, um sicherzugehen, dass Rema nicht irgendwo hilflos im hohen Gras verborgen liegt. Und Cornelius geht sicherheitshalber auch noch mal in die ganz andere Richtung die Straße entlang, solange man dort noch etwas sehen kann.

Das ist so eine Sache auf dem Land, an die wir uns erst gewöhnen mussten. Sobald die Sonne untergegangen ist, sieht man hier nichts mehr. Gar nichts. Nicht die eigene Hand vor den Augen und nicht von den Augen zur Fußspitze. Keine Straßenlaterne weit und breit. Dafür sieht man eine Million Sterne am Himmel.

Doch für die habe ich heute keinen Sinn. Javi und ich suchen und suchen. Immer wieder rufen wir nach Rema. Doch alles, was wir hören, sind die Rufe der anderen.

Total enttäuscht und mit wachsender Angst kommen wir zurück auf den Hof. Es ist stockdunkel. Javi und ich sind die Letzten.

Tims Gesicht sieht aschfahl aus, als er berichtet: »Mein Onkel und seine Männer haben sie nicht gefunden. Er kann jetzt nur noch…« Tim schluckt. Man merkt, dass er tapfer versucht, seine eigene Panik runterzuschlucken. »Mein Onkel kann jetzt nur noch morgen die Helikopter-Rettung benachrichtigen. Aber vor morgen kann er leider nichts mehr tun. Nachts dürfen Hubschrauber bei uns nicht fliegen. Zu gefährlich.«

Ich lehne mich gegen die Wand des Alpaka-Stalles und lasse mich langsam daran runterrutschen. Mir ist flau. Das ist die Angst in meinem Magen. Was, wenn Rema etwas Ernsthaftes zugestoßen ist?

Würde nicht ich die Schuld daran haben? Denn hätte ich sie nicht auf den Berg geschickt, wäre unsere Rema jetzt noch hier. Und wir wären alle weiterhin gut gelaunt und entspannt, und alles wäre so wunderschön, dass es, wie ich noch mittags dachte, fast langweilig gewesen wäre. Oh, ich schwöre, ich werde mich nie-niemals darüber beschweren, dass es zu langweilig ist, sollte mein Leben wirklich mal langweilig werden!

Dann versuche ich, vernünftig zu denken. Eine Lady denkt auch in ausweglosen Situationen – und auch mitten in düsterster Nacht – sternenklar.

Warum könnte Rema nicht nach Hause gekommen sein? Kajalstiftklar. OB ihr etwas zugestoßen ist, ist wohl nicht mehr die Frage. Sondern nur noch, was? WAS ist ihr zugestoßen?

»Bist du okay, Tessa?« Livi beugt sich zu mir runter.

»Logo«, nicke ich. »Ich versuche nur auf irgendeine vernünftige Erklärung zu kommen, was passiert sein könnte.«

Plötzlich hören wir wieder Kennys Stimmchen aus dem Heu über unseren Köpfen. Sie muss meinen letzten Satz gehört haben. »Hier passiert soooo viel, Tessielein, das glaubst du gar nicht!«

Ich seufze tief und lächele trotzdem. »Klar, kleine Kenny-Maus! So was wie fliegende Wiesen zum Beispiel? Die fliegen hier überall rum, oder?«

Ich warte auf das ertappte Kichern meiner kleinen Kicherschwester, doch da kommt nichts.

Stattdessen reckt sich von oben Maleas Kopf zu uns runter. »Habt ihr die auch gesehen?«

»Was?«, fragt Livi. »Fliegende Wiesen?«

Malea sieht ernst und gar nicht kicherig aus. »Nein, geflogen sind die nicht. Aber plötzlich verschwunden. Von einer Sekunde zur anderen. So was hat bestimmt noch nicht mal James Bond gesehen!«

Ich kann auf Livis Gesicht lesen, dass sie, genauso

wie ich, unsicher ist, ob sie lachen oder stöhnen soll. Ist Malea jetzt komplett durchgeknallt? Zugegeben, den halben Tag lang völlig fremde Leute beschatten (genau das tut sie zu Hause gern), das ist schon ein etwas ausgefallenes Hobby. Aber verrückt ist meine mitteljüngste Schwester deswegen nicht. Ganz im Gegenteil. Malea ist eigentlich beeindruckend scharfsinnig. Meistens jedenfalls. Was soll also jetzt das mit den verschwundenen Wiesen?

Livi entscheidet sich, bloß mit den Augen zu rollen, und will schon weggehen.

Doch irgendetwas in Maleas Stimme klingt zu ernsthaft, um nicht ernst genommen zu werden.

In einer plötzlichen Eingebung richte ich mich auf, recke den Kopf zu meiner Geheimagentinnenschwester hoch und bitte sie: »Erzähl noch mal GANZ genau, was ihr von eurer Zentrale aus vorhin gesehen habt, Malea!«

Und ich höre zu. Erst ungläubig, aber gebannt, dann immer atemloser.

~ 21 ~

Und auch noch verschwundene Wiesen

»Iris, Cornelius?« Ich schiebe meine beiden jüngsten Schwestern in die Küche, in der alle, einschließlich Tim, um den großen Tisch versammelt sind. »Würdet ihr euch bitte anhören, was Malea und Kenny vorhin beobachtet haben?«

Iris hat heißen Kakao für alle gekocht, danach wollen wir mit Taschenlampen rausgehen und weitersuchen. Irgendwo da draußen muss unsere Rema sein. Denn auch, wenn offizielle Suchmannschaften erst morgen früh weitermachen können, wir suchen so lange, bis wir Rema gefunden haben. Dazu sind wir fest entschlossen.

»Erzähl, Malea!«, ermuntere ich meine Schwester.

Malea sieht unschlüssig aus. »Das glaubt ihr mir sowieso nicht.«

»Ich glaube dir«, sage ich.

Also jedenfalls glaube ich, dass Malea nicht spinnt, dass also irgendetwas Wahres an ihrer Story dran sein muss. Und ich glaube zutiefst, dass die anderen das hören sollten, was Malea zu sagen hat.

Walter, der so zusammengesunken auf seinem Stuhl sitzt, dass seine Schultern kaum noch über die Tischplatte reichen, richtet sich auf, als wir reinkommen.

»Du hast etwas gesehen, das interessant sein könnte, mein Kind?«, ermuntert er Malea.

Doch Kenny drängelt sich vor.

»Die Wiesen sind plötzlich runtergefallen!«, platzt sie in die Runde.

Das löst erst mal nur verdutztes Schweigen aus.

Dann räuspert sich Cornelius. »Aha.« Er kratzt sich am Hinterkopf. »Wohin sind sie denn gefallen, kleine Kendra?«

»Nach unten«, sagt Kenny, als wäre das ja wohl logisch. (Was es ja auch ist.) »Und ich bin nicht klein. Nach oben geht ja nicht. Und dann waren sie weg.« Sie dreht sich, Bestätigung suchend zu Malea um. »War das so oder war das so, Malea?«

Malea nickt. »Na ja, so ungefähr. Also eigentlich war es nicht eine ganze Wiese, die plötzlich weg war, sondern nur ein Stück. Aber danach war da nur noch ein Loch.«

Während die anderen noch überlegen, was sie davon halten sollen, schaut Tim ruckartig auf. Durchdringend guckt er Malea an. »Wo genau war das?«

»Da hinten!« Malea deutet in eine Richtung etwas links von dem Berg, auf den Rema steigen wollte. »Das haben wir mit unseren Ferngläsern gesehen. Ehrlich!«

Cornelius schüttelt den Kopf, dann lächelt er sanft. »Meine kleinen Engel, ich weiß nicht, was ihr gesehen habt, aber es gibt keine Wiesen, die plötzlich …«

Weiter kommt er nicht, denn Tim – der nun aufspringt – unterbricht ihn aufgeregt. »Doch die gibt es. Es könnte möglich sein, dass Malea und Kenny … dass sie ein Sinkhole gesehen haben. Unsere Nachbarn hatten mal Probleme mit Sinkholes, aber ich dachte nicht, dass wir …«

Er rupft seine Jacke vom Stuhl und sieht sich um. »Ich suche sofort die Wiesen westlich vom Berg ab. Kommt jemand mit?«

»Natürlich!«, rufen wir alle.

Natürlich kommen wir mit! Aber was sind denn bitte …?

»WAS sind SINKHOLES?«, fragt auch Cornelius verdattert.

Gregory googelt das Wort eilig auf seinem Handy.

»Sinkhole heißt auf Deutsch Doline«, verkündet er ein paar Sekunden später.

»Nie gehört«, murmelt Walter leise, sieht aber stark beunruhigt aus.

»›Als Doline oder Sinkhöhle bezeichnet man eine

trichterförmige Senke von meist rundem Grundriss‹«, liest Gregory vor. »›Ihr Durchmesser schwankt zwischen zwei und zweihundert Metern. Ihre Tiefe reicht von zwei bis zu mehr als dreihundert Metern.‹«

»*Dreihundert Meter*?«, krächzt Iris. Ihre Stimme klingt so angegriffen, wie sie aussieht.

Livi wirkt, als würde sie gleich ohnmächtig werden. »Ihr meint, Remi könnte …?«

»So was gibt es wirklich?«, fragt Dodo ungläubig. »Wiesen können einfach so in sich zusammenfallen? Das kann ich gar nicht glauben.«

Tim nickt düster. »Das gibt es auf den Britischen Inseln sogar ziemlich häufig. Wir hatten auf unseren Wiesen nur noch nie eines. Aber …« Er bricht ab und zieht sich seine Jacke an. »Bitte, wir müssen sofort los! Wenn eure Rema in einem Sinkhole eingebrochen ist, dann …«

»DREIHUNDERT METER?«, kreischt Iris. »Das überlebt doch kein Mensch!«

Mir ist, als greife jemand nach meinem Herz. Ohne mir vorher auch nur die kleinste Warnung zu geben. Es ist, als würde es mir direkt aus der Brust gezerrt. NEIN, nicht unsere Remi!

Wir rennen in die dunkle Nacht, als wäre der Teufel hinter uns her. Nein, als wollten wir Rema vor dem Teufel retten.

»Sitzt Rema dort unten ganz allein in dem Loch?« Malea zittert bei der Vorstellung am ganzen Körper.

Ich nehme sie in den Arm, als wir jetzt langsamer in Richtung westliche Wiesen gehen. Die Wiesen sind uneben, außerdem liegen auf den Weiden hier und da kleine Felssteine. Die Taschenlampen werfen kleine Lichtkreise vor uns her. Doch nur Tims Lampe ist stark genug, um richtig weit zu leuchten. Auch Kenny greift nach Maleas Hand. Vielleicht, um sie zu trösten, vielleicht, um selbst Trost zu finden.

»Du musst dir keine Sorgen machen, Malea«, sagt Kenny tapfer. »Remi ist ja nicht allein. Aurora ist ja bei ihr.«

Aurora! An die hat heute Abend tatsächlich gar keiner mehr gedacht.

»Ist sie nicht in den Hühnerstall geflattert?«, fragt Walter, der nun doch – trotz Avocado-Fuß – auch mithumpelt.

Am zweiten Tag schon hat Aurora sich mit den anderen Hennen angefreundet und seitdem die eine oder andere Nacht bei ihnen verbracht.

Kenny schüttelt den Kopf. »Nein, da ist sie nicht.«

»Die wird schon wieder auftauchen«, meint Cornelius. »Jetzt müssen wir erst mal Rema finden.«

Auch auf Hugo haben wir eben beim Verlassen der Küche nicht mehr gut genug aufgepasst. Bevor er wieder eingesperrt werden könnte, ist er wie der Wind durch den ersten Spalt der sich öffnenden Tür rausgefegt und bellt schon wieder wie ein Verrückter zwischen unseren Beinen herum.

»Hau doch mal ab, Hugolein!«, versuche ich ihn zum Hof zurückzuscheuchen. »Wir können jetzt nicht mit dir spielen.«

Doch Hugo lässt sich nicht verscheuchen. Er bellt nur immer lauter und springt mir immer öfter direkt vor die Füße. Ein bisschen nervig. Das brauchen wir jetzt gerade wirklich nicht. Doch Hugo hört einfach nicht auf mit diesem blöden Verhalten. Als würde er das mit voller Absicht machen. Auch Cornelius und Iris versucht er zu stoppen, wo er nur kann. Was soll denn das? Das macht er doch sonst nicht?

Unwillkürlich muss ich an diese Lassie-Filme denken. Dieser Collie, der immer laut bellend versucht, seinem Besitzer verständlich zu machen, dass irgendwo ein Kind in einen tiefen Brunnenschacht gefallen ist oder ein Mann unter einer umgestürzten Tanne liegt.

HUCH? Liegt unsere Rema etwa unter einem umgestürzten Baum?

Quatsch! Hier auf den Wiesen gibt es weit und breit keinen Baum, der groß genug wäre, um Schaden anzurichten.

Aber anscheinend Sinkholes! Und die sind wohl mindestens so fies wie Brunnenschächte.

»Mann, Hugo!« Maldita sea! Jetzt bin ich wirklich so doll über ihn gestolpert, dass ich beinahe der Länge nach hingeknallt wäre.

»RUFF!«, macht Hugo fast böse. »RUFF-RUFF-WUFF!«

Und plötzlich fällt mir fast der Lidschatten von den

Augen! Was, wenn Hugo tatsächlich, genau wie Lassie …?

Bingo! Das muss es sein!

»Iris, Cornelius, Tim, Javi!« Ich rufe, so laut ich kann, in die Dunkelheit, um die, die ganz vorne marschieren, zu stoppen. »Wartet mal, ich glaube, wir gehen in die falsche Richtung!«

Als ich stehen bleibe, hört Hugo tatsächlich das erste Mal auf zu bellen. Fast glücklich setzt er sich vor mich hin und fixiert mich mit den Augen.

Ich probiere es noch mal. Ich mache einen Schritt vorwärts. Sofort springt unser kleiner Hund wieder auf mich zu, um mich aufzuhalten. Ich drehe mich um und mache ein paar Schritte in eine andere Richtung.

»Wuff!«, bellt Hugo darauf fast selig. »WUFF!«

Brav trabt er neben mir her.

»LEUTE!« Ich brülle jetzt, so laut ich kann, damit mich auch alle hören. »Hugo versucht uns die ganze Zeit zu zeigen, wo Rema ist!«

»Wuuuufff!«, bellt Hugo freudig. »Wuuuuff!«

Warum haben wir nur nicht früher auf ihn gehört?

~ 22 ~

Rema-Rettung mit Hund und Huhn

Das Sinkhole, das Malea und Kenny von ihrer Heuschober-Geheimagentenzentrale beim Zusammenfallen beobachtet haben, liegt tatsächlich genau dort, wohin Malea uns führen wollte. Und es ist so tief, dass mir beim bloßen Reingucken schwindelig wird.

Sprachlos stehen wir nach dem Ausmisten der Ställe am frühen Morgen davor. Auch Alfie neben mir linst ungläubig in das tiefe Loch, als könne er nicht fassen, dass das plötzlich auf seiner Wiese aufgetaucht ist.

Tim hat schon morgens, noch bevor wir aufgestanden sind, einen Rundgang gemacht und insgesamt drei Sinkholes auf den Wiesen der Farm gezählt. »Das ist leider auch nicht ungewöhnlich. Wenn ein Teil des

Bodens nachgibt, ist die Wahrscheinlichkeit hoch, dass es noch weitere Löcher im Umkreis gibt.«

Was für ein Riesenglück unsere Rema hatte, in einem der anderen, viel kleineren Löcher versunken zu sein! Ihres war kaum zwei Meter tief. Nur hat sie sich leider auch dort nicht aus eigener Kraft wieder herausarbeiten können. Ein zwei Meter tiefes Loch ist eben immer noch *zu* tief, wenn man dort drinnen gefangen ist. Oh, was waren wir froh, als wir Rema letzte Nacht endlich gefunden hatten!

Unser kleiner Hugo, der klügste Hugo der Welt, hat uns tatsächlich, ohne auch nur einmal zu stocken, direkt zu ihr geführt. Ich glaube, Livi hat recht. Tiere werden ganz oft mächtig unterschätzt!

Als wir letzte Nacht in der Dunkelheit unserem aufgeregten Hund hinterherliefen, konnten wir nach einer Weile schon von Weitem lautes Gegacker hören. Gegacker, das sofort hektisch von Hugo mit Bellen beantwortet wurde. Aurora also zumindest lebte noch und versuchte ebenfalls, lautstark um Hilfe zu rufen.

Hühner können ja prima flattern. Nur fliegen können sie leider nicht, deshalb hatte auch Aurora zusammen mit Rema in dem Loch ausharren müssen.

Als wir mit den Taschenlampen in die Tiefe leuchteten, dachten wir im ersten grässlichen Schreckmoment, dass Remi tot sei. Wie leblos lag sie auf der Seite und regte sich nicht. Obwohl Aurora hektisch flatternd um sie herumschwirrte.

Erst als Kenny, Livi, Malea und ich »REMAAA!« brüllten, meinten wir, ein bisschen Bewegung in ihrem Körper zu sehen.

Noch lauter brüllte übrigens Iris: »MUTTER!«

Walter liefen Tränen übers Gesicht. Ich konnte es im Dunkeln sehen, weil ich direkt neben ihm stand.

»Renate, meine Liebe!«, stammelte er leise, obwohl er sich auf seinem Avocado-Fuß kaum selbst aufrecht halten konnte.

»Ach, ach, ach ...!«, machte Rema endlich, und da hätten wir am liebsten schon laut gejubelt, denn es bedeutete ja immerhin, dass unsere Rema ebenfalls lebte.

Doch Cornelius wollte nichts riskieren. »Nicht bewegen, Renate, ich komme runter! Ich RETTE DICH!«

»NEIN!«, konnte Livi gerade noch schreien, doch es war schon zu spät. Unser tapferer Vater hatte sich bereits in das Loch gestürzt.

Ich nehme an, er hatte vorgehabt, sich langsam runterzuhangeln, also Fußtritte in den Seitenwänden des Loches zu finden, um vorsichtig einzusteigen. Doch es war dunkel, und Cornelius ist natürlich – ähm – so gar kein Kletterprofi. (Er hat andere Stärken.) Kurz gesagt, es machte ziemlich unschön KLATSCH, als er unten landete.

»Tooooock!«, hörten wir das entsetzte Gackern von Aurora.

Vermutlich hatte sie bei dem herabstürzenden Cornelius nicht ganz unbegründet gefürchtet, unter ihm platt gemacht zu werden.

»Liebling?«, rief Iris ängstlich. »Ist dir was passiert?«

Doch eine uns wunderbar vertraute Stimme übertönte Iris mühelos.

Schon wieder erstaunlich kräftig schrie sie: »CORNELIUS! Was willst DU denn hier?«

Die Stimme gehörte Rema. Sie richtete sich auf und schaute vorwurfsvoll auf den – etwas verknotet – vor ihr liegenden Cornelius. »Ganz ehrlich, hier unten ist nicht genug Platz für uns alle.«

Dann schaute sie hoch. »Ich hoffe, von euch haben nicht noch mehr vor, hier runterzukommen?«

Wenn mir nicht gerade zwei Tränchen aus den Augen gekullert wären, hätte ich laut gelacht vor Glück. Unsere Rema lebte. Und wie sie lebte!

Sofort bemühten sich sechs Taschenlampen, die ganze Szene so auszuleuchten, dass wir eine ungefähre Vorstellung davon kriegen konnten, wie schwer Rema – oder womöglich nun auch Cornelius – verletzt war.

Caramba! Ein letztes Mal zog sich mein Magen ängstlich zusammen. Es hätte ja sein können, dass Rema zwar noch reden konnte, aber trotzdem lebensgefährliche Verletzungen erlitten hatte. Selbst bei der Erinnerung daran wird mir noch ganz übel. Gott sei Dank waren alle recht glimpflich davongekommen!

Die nächtliche Fahrt ins Krankenhaus danach lohnte sich allerdings richtig!

Tim und Gregory waren von den Jungs am leichtesten. Deshalb hatten sie sich an den Stricken, die Tim vorsorglich mitgebracht hatte, runtergehangelt. Javier, Ramón, Dodo, Livi und ich hatten uns die Stricke um unsere Körper geschlungen, unsere Füße gegen das Gewicht von Tim und Gregory gestemmt und die beiden so gehalten, während sie sich langsam runterhangelten. Trotzdem dauerte es noch fast eine halbe Stunde, bis wir alle zusammen Rema und Cornelius wieder an die Oberfläche geschoben, gezogen und getragen hatten.

Cornelius jammerte so doll, dass wir genau wussten, er würde den Rest der Ferien mit einem Gips verbringen müssen. Zum Glück ist er das ja gewohnt.

Remi war überglücklich, dass sie nun doch nicht die ganze Nacht im Freien liegen musste, bevor sie endlich jemand fand. Sie sagte nicht Piep und nicht Papp, während die Jungs an ihr ruckelten und zerrten und schoben. Nur ein kleines, leises »Danke!« kam aus ihrem tapfer lächelnden Mund, als sie endlich aus dem Loch raus war und noch ein wenig benommen neben uns auf der Wiese hockte.

Zum Schluss wurde natürlich auch noch die arme Aurora gerettet. Sie war die Einzige, die unverletzt geblieben war.

Iris und Livi fuhren mit Cornelius und Rema sofort nach St. Ives in die nächste Unfallklinik und nahmen Walter Walbohm gleich mit. Wie gesagt, so lohnte sich die Tour wenigstens so richtig!

»Nur, um Renate zu begleiten«, hatte Walter zwar gesagt.

Doch sein Fuß hatte eine Untersuchung ebenfalls dringend nötig gehabt.

»Kriegen wir Gruppen-Rabatt?«, hatte Cornelius noch auf dem Röntgentisch versucht, zu verhandeln.

Doch der Arzt hatte nur gelacht. »Sie können gerne einen Zuschlag für Behandlung außerhalb der Sprechzeiten zahlen.«

Da fand Cornelius dann, dass der normale Preis für drei Röntgenaufnahmen ohne Rabatt völlig in Ordnung war.

Wie wir uns gedacht hatten, kam Cornelius mit einem fetten Gipsarm zurück auf den Hof. Das Handgelenk war zweifach gebrochen. Rema dagegen hatte nur einen übel verstauchten Knöchel. Genauso wie Walter, dessen Knöchel zum Glück auch nicht angeknackst, sondern nach der Verstauchung nur fies geschwollen war.

»Was soll ich denn davon halten?«, lachte Rema heute Morgen, als sie wie immer bereits als Erste in der Küche saß. »Walter und ich im Partnerlook! Knöchel an Knöchel. Guckt mal, meiner wird auch schon blau. Was verstauchen wir uns denn nächstes Jahr, mein Lieber?«

»Nächstes Jahr machen wir Pause«, erwiderte Walter und lachte ebenfalls.

Ach, die beiden sind so süß!

Und den sonntäglichen Pfannkuchenstapel, den haben heute Morgen Livory, Javi und ich gebacken. Rema durfte sich ausruhen – und später nur noch reinhauen.

Mann, waren die lecker! Vielleicht sollte ich mal über eine Karriere in der Chefkoch-Branche nachdenken? Ach, es warten so viele Talente auf einen im Leben!

Aber was für eine Nacht das gestern war!

Honesto, die werde ich nie vergessen!

~ 23 ~

Jungs und Mädchen, und Mädchen und Jungs

Am Abend, als Robert und Sally nach Hause kamen, sind sie sofort zu uns ins Cottage gerannt, um sich persönlich davon zu überzeugen, dass Rema auch okay ist.

Die beiden sind echt total nett. Mit dem Beseitigen, also dem Auffüllen, von den Sinkholes werden sie in den nächsten Wochen noch genug zu tun haben. Trotzdem haben sie beschlossen, morgen mit uns allen – und natürlich ein paar Alpakas – einen Ausflug zum Meer zu machen. An eine Stelle, an der wir noch nie waren.

»Die kennen nur Einheimische«, hat Robert gesagt und geheimnisvoll mit den Augen gezwinkert. »Da wollen wir keine Touristen haben. Aber ihr gehört ja praktisch schon mit zur Familie.«

Und das fühlt sich tatsächlich auch für uns schon fast so an.

Ich hätte nie gedacht, dass es mir in Cornwall so gut gefallen würde. Auch wenn das Wetter recht abwechslungsreich sein kann, um es mal diplomatisch auszudrücken. Trotzdem hatten wir viele Tage, an denen es mehr als warm genug war, um schwimmen zu gehen.

Vielleicht sollten wir wirklich noch mal hierherkommen, statt immer nach Spanien zu fahren?

Nach dem Abendessen sitzen Javi, Ramón, Dodo und ich in Dodos und meinem Zimmer und quatschen und albern herum.

Ich hab immer noch ein schlechtes Gewissen, weil ich es war, die Rema losgeschickt hat. Aber Remi, die Liebe, hat gesagt, auch wenn sie das kein zweites Mal erleben wolle, sei es ein Abenteuer, auf das sie nun stolz zurückblicken könne, weil sie es überstanden habe. Und eines Tages, wenn sie ihre Memoiren schreibt (das wird ein Buch, in dem Rema ihr ganzes langes Leben erzählt), dann wird diese Nacht ein besonders spannendes Kapitel werden.

»Wir sollten auch mal ein Buch mit unseren Memoiren schreiben«, findet Dodo. »Wir haben schon genug erlebt, um bestimmt dreihundert Seiten zu füllen.«

»Sí«, nickt Ramón und grinst, »aber möchtest du wirklich, dass alle Leute wissen, was ihr alles erlebt habt?«

Madre mía, da hat Ramón natürlich einen Punkt! Manche Dinge sollten – ähm – vielleicht lieber *privat* bleiben. Weil manche Dinge im Rückblick vielleicht etwas peinlich aussehen. Kajalstiftklar, hinterher ist man ja immer schlauer. Aber lebt man dazu nicht? Um Fehler zu machen nämlich und daraus zu lernen? Allerdings muss man die ja nicht *alle* für die Nachwelt schriftlich festhalten.

»Vielleicht machen wir das, wenn wir mal richtig alt sind«, schlage ich vor, »fünfzig oder so. Dann suchen wir uns die schönsten Geschichten raus.«

»Kommen wirrr dann auch in dem Buch vor?«, will Javi wissen und plinkert mich mit seinen dunklen, spanischen Wimpern so mucho dulce, so mega-süß, an, dass mein Bauch ganz glücklich weich und wabbelig wird.

Ich kuschele mich zu ihm aufs Sofa und necke ihn ein bisschen. »Vielleicht? Wenn du weiter nett zu mir bist!«

Als Antwort pustet mir Javi ins Gesicht, gibt mir dann einen Kuss und lacht. »Wenn du nicht dauernd anderrre Jungs küsst!«

Och, neeee! Jetzt fängt der schon wieder mit diesem blöden Thema an! Da puste ich ihm aber auch mal fett ins Gesicht. So!

Ramón grinst und fischt unter seinem Po meinen coolen Minirock hervor, den ich mir extra für England gekauft habe. »Ich bin gerrrne in eurrrem Buch und in eurrrem Leben weiter dabei, aber könntet ihrrr vielleicht etwas orrrdentlicher werden?«

»Como? Wie bitte?« Dodo lehnt sich entrüstet zu ihm rüber. »Du hast Nerven! Wie sieht denn eure Schlafhöhle in Barcelona aus, hm?«

Das stimmt. Eins zu null für Dodo!

Hihihi, wir kichern und ziehen uns auf, und dann werfen wir noch ein bisschen mit Kissen und ein paar Kleidungsstücken, die bei Dodo und mir rumliegen. (Es ist ein kleines Zimmer mit wenig Platz.)

»Hahaha!«, lacht Ramón und knallt jetzt Javier meinen Minirock an den Kopf.

Als Javi ihn sich vom Gesicht zieht, segelt ein klein zusammengefalteter Zettel heraus.

Natürlich muss er sofort einen Spruch machen. »Ohoooo, was haben wir denn hier? Bestimmt eine Telefonnummer von einem deiner vielen Verehrer!« Er lacht.

Mann, dass Javi einfach nicht von seiner blöden, ängstlichen Eifersucht runterkommen kann! Auch, wenn er jetzt nur Spaß macht.

Kichernd faltet er den Zettel auseinander.

Ich überlege, was das sein kann. Bestimmt ein Bon aus einem Geschäft. Vielleicht von meinen neuen Gummistiefeln?

Zwei Sekunden später kichert Javi nicht mehr. Sondern zieht seine Stirn in Falten. In düster-dunkle *Javi-kurz-vor-einem-Gewitter*-Falten.

Blitzschnell greife ich nach dem Zettel. Doch Javi ist weltklasse im Reagieren und reckt seinen Arm in Lichtgeschwindigkeit so hoch, dass ich nicht mehr rankomme.

»Werrrr ist das?«, will er wissen.

Leider zeigt mir sein Ton, dass er nicht mehr in Rumalbern-Laune ist.

»Wer ist WAS?« Ich richte mich auf und stürze mich ein zweites Mal auf seinen Arm und seine Hand, die das blöde Papier festhält.

Ich hab keine Ahnung, wovon er redet.

»Wieso, was steht denn da drauf?«, will jetzt auch meine neugierige Freundin wissen.

Was vermutlich in diesem Moment nicht besonders hilfreich ist. Denn das, was draufsteht, scheint Javi ja nicht gerade glücklich zu machen. Wir sollten diesen Zettel also lieber schnell verschwinden lassen.

Allerdings erst, *nachdem* auch ich gesehen habe, worum es überhaupt geht.

Ich werfe Dodo einen deutlichen *Halt-die-Klappe*-Blick zu und zermartere mir gleichzeitig das Hirn, was das für ein Zettel sein kann. Ich erinnere mich überhaupt nicht, irgendwas eingesteckt zu haben. Wann hab ich den Rock denn das letzte Mal getragen?

Javi lässt sich das Ding von Ramón aus der Hand ziehen.

»›01754-990254, Tim‹«, liest Ramón vor und weiß nicht, ob er jetzt kichern darf.

Dodo reißt die Augen auf und sieht mich an. »TIM? Du hast …? Von TIM?«

Oh, manchmal könnte ich meine beste Freundin erwürgen! Fest, kurz und schmerzvoll.

Leider scheint sie meinen Blick nicht klar lesen zu können. Warum würde sie sonst noch weiterquatschen?

»Tim hat dir seine *Handynummer* gegeben?«

Ich hab mich entschieden. Ich WERDE sie erwürgen!

»NEIN!«, fauche ich in die Runde. »Seid ihr blöd? Warum sollte mir Tim seine Nummer geben?«

Javi starrt mich an, wie ein verwundeter Wolf. Böse und verletzt.

Ramón und Dodo starren nicht weniger doof.

Caramba – wie nett ist das denn? Was unterstellen mir meine besten Freunde denn hier gerade? Oh, bin ich empört! Aber auch verwirrt.

Hat Tim etwa wirklich … vielleicht heimlich? Hat er einen Zettel mit seiner Nummer in meinen Rock gesteckt?

Madre mía, NEIN, jetzt fällt es mir ein! Das war überhaupt nicht Tim. Also jedenfalls nicht *der* Tim, nicht *unser* Tim, nicht Bluebell-Farm-Tim. Das war …

Aber ich hab das Papier ja nicht mal richtig gelesen, als er es mir in die Hand gedrückt hat. Dass der unfassbarerweise AUCH Tim heißt! Ich hatte keine Ahnung!

»Dodo!« Ich hole Luft.

Wie soll ich diesen unglaublichen Zufall bloß Javi

verklickern? Und selbst wenn er mir glaubt, dass die blöde Nummer von einem ganz anderen Tim ist – Javi wird doch sofort wieder durchdrehen!

»Dodo!« Meine beste Freundin muss mir jetzt helfen. Drohend gucke ich sie an. *Jetzt bitte keine dämlichen Patzer, Miss Dunst!* »Das war der Typ aus dem Flugzeug, weißt du noch?«

»Ehrlich?« Dodo guckt wie eine karierte Spielzeugmaus. »Der hieß *auch* Tim?«

»Ich hab keine Ahnung, wie er heißt. Aber auf dem Ding da steht ja offenbar der Name Tim«, fauche ich sofort los, weil ich schon spüre, dass Miss Erbsenhirn meine Bemühungen, alles ganz harmlos erscheinen zu lassen, nicht hinreichend unterstützen wird.

Dabei WAR doch alles total harmlos. Mehr als harmlos! Ich wusste ja nicht mal mehr, dass ich den dämlichen Zettel überhaupt noch habe. Oh, warum hab ich das Ding bloß nicht gleich in London in die nächste Mülltonne gefeuert!

»Aus dem Flugzeug?«, echot Javi und sieht nicht für fünf spanische Locken freundlicher aus.

Mann, wie mich das alles nervt! Warum bin eigentlich immer ich diejenige, die auf der Anklagebank sitzt? Wo es doch ganz klar mein engstirniger, spanischer Freund ist, der ein paar Schrauben im Gehirn zu eng angezogen hat. SEHR viel zu eng!

Oh, jetzt werde ich aber wütend!

»Was denkst du dir eigentlich immer?«, fauche ich

Javi an. »Du siehst ja in jedem Eichhörnchen, das ich anlächele, eine Bedrohung. Dabei verhalte ich mich total normal. Wenn es nach dir ginge, sollte ich mir wohl mindestens siebzig eiternde Warzen ins Gesicht malen, damit auch ja kein anderer Junge Lust hat, mich anzusehen oder womöglich mit mir zu reden!«

So, das hat gesessen!

»Ich nehme an, dieser Tim im Flugzeug war KEIN Eichhörnchen«, antwortet Javi trocken. Er macht eine Pause, offensichtlich ist er mit Nachdenken beschäftigt.

»Und du hast ihn also angelächelt«, setzt er dann nach.

Also, jetzt langt's aber! Ich glaub, der hat Alpaka-Kacke im Hirn!

»Natürlich hab ich ihn angelächelt!«, schnaube ich. »Weil er mit uns geredet hat und nett war. Weshalb sollte ich unfreundlich sein?«

Aus den Augenwinkeln sehe ich, wie Ramón unauffällig Dodo am Arm zupft und zur Tür nickt.

»Keine Sorge, ihr könnt ruhig hierbleiben!«, schnauze ich auch gleich mal die beiden an, wo ich schon so schön in Fahrt bin. »Über dieses Thema sollten wir echt mal zu viert reden.«

Schließlich nervt es mich genauso, dass Dodo ebenfalls ständig so tut, als würde ich die halbe Männerwelt dazu auffordern, mir ihre Telefonnummern auszuhändigen. Honesto! Wenn Jungs nicht kapieren, dass ich NICHT gleich mit ihnen ins Kino gehen will, bloß, weil ich mal drei Sätze mit ihnen wechsele, dann ist das nicht mein, sondern ja wohl wirklich und wahrhaftig deren Problem!

Ha! Und genau das sage ich jetzt auch. Oder besser gesagt, genau das werfe ich jetzt meinen Freunden an den Kopf. Denn in deren Schädel gehört es ohne Zweifel. Hätte ich schon längst tun sollen!

Nach dieser kleinen Wutentleerung meinerseits ist eine Weile Schweigen im Raum. Meine längst überfälligen, kajalstiftklaren Worte haben die anderen mundtot gemacht.

Irgendwann holt Javi Luft und vergewissert sich: »Die Nummer hier ist also wirklich nicht von unserem Tim?«

Seine Stimme ist leise. Ich schätze, das, was ich gesagt, okay, gebrüllt habe, hat ihm zu denken gegeben. So wütend werde ich nämlich selten. Eine echte Lady sollte natürlich nie …

Ach, naranjas – Quatsch! Manchmal muss auch eine Lady mit ihrem gepflegten Fuß ganz gehörig aufstampfen!

»Natürlich ist die nicht von unserem Tim!«, gebe ich ebenso leise zurück und nicke rüber zu Dodo. »Dodo, kannst du mal kurz bestätigen, dass dieser Typ aus dem Flugzeug mir in London einen Zettel in die Hand gedrückt hat?«

Das tut Dodo wenigstens.

»Aber, dass du mir das nicht von allein glaubst, sondern ich auch noch Zeugen brauche, das ...« Ich sehe Javi an. Immer noch stinksauer, aber nicht mehr so wütend. Eher traurig. Und enttäuscht. »... das finde ich voll daneben.«

Auch Javi sieht nicht mehr aus wie ein durchgeknallter Stier, sondern nur noch wie ein belämmertes Schaf. »Aber ICH würrrde einem Mädchen nurrr meine Telefonnummerrr geben, wenn sie mir das Gefühl gegeben hätte, dass sie das auch gerrrne möchte. Und das ist doch wohl verständlich, dass *ich* nicht möchte, dass *du* anderen Jungen das Gefühl gibst ... also, dass du anderrre Jungen dazu ermutigst, einen Schritt weiterzugehen!«

Ooooh, jetzt werde ich doch wieder lauter! »DAS IST DOCH GENAU DEIN DENKFEHLER, JAVI!«

Javi, das Schaf, glotzt verständnislos.

Ich helfe ihm auf die Sprünge. »Du GLAUBST doch nur, dass Mädchen dich dazu ermutigen, ihnen ihre Nummer zu geben. Ob das wirklich so ist, WEISST du doch überhaupt nicht. Denn die weniger schillernde Wirklichkeit ist ja wohl fast immer, dass Mädchen an so was gar nicht denken, wenn sie lächelnd ein paar harmlose Worte mit dir wechseln.«

Ich schnaube verächtlich. »Also ICH jedenfalls lächele nicht, um Jungs zu irgendwas zu ermuntern, sondern weil ich nett sein möchte. Und dazu habe ich ja wohl nicht nur jedes Recht der Welt, sondern ich denke sogar, dass es schön wäre, wenn *alle* einfach nett zueinander wären. Und vor allem, wenn sie sich nicht ständig irgendwas einbilden würden, was gar nicht da ist.«

»Tessa hat diesen Typen aus dem Flugzeug wirklich nicht zu irgendwas ermuntert«, kommt mir plötzlich meine Freundin doch noch zu Hilfe. »Wir waren beide komplett von den Socken, als er in London bei der Kofferausgabe auf uns zukam und Tessie diesen Zettel in die Hand drückte.«

»Rmmpf«, macht Javi.

Ramón wiegt seinen Kopf hin und her. »Hm, da ist vielleicht was drran …«

Ich atme erleichtert aus. Bingo! Ich glaube, unsere spanischen Freunde fangen endlich an, ein bisschen was zu kapieren. Und meine manchmal etwas gehirnlahme Freundin auch. (Dodo ist ja nicht doof, ganz im Gegenteil.)

Wie Mädchen und Jungs miteinander umgehen, das ist ein weites Thema, aber auch ein sehr interessantes. Den Rest des Abends reden wir plötzlich total ehrlich und offen darüber, was Jungs eigentlich über Mädchen denken, und darüber, was Mädchen über Jungs denken. Und wie oft man selbst völlig falschliegt mit dem, was man annimmt, was der andere denkt.

Wie viel einfacher wäre es, wenn niemand mehr irgendetwas falsch verstehen würde!

Doch dazu muss man eben reden.

Und das haben wir endlich mal.

Alle zusammen.

Als Javier und Ramón spätabends zurück auf den Heuboden zu Gregory gehen, bin ich kein bisschen wütend mehr, sondern habe wieder ein total warmes Gefühl im Bauch.

Ja, wir werden uns vielleicht noch oft streiten. Aber wir werden uns auch von Mal zu Mal besser verstehen und vor allem besser verständigen können. Und je mehr wir uns verstehen und verständigen und deshalb kennen, desto mehr können wir uns vertrauen. Und wenn Javi mir vertraut, dann WEISS er genau, dass ich nicht die leiseste Absicht habe, irgendeinen anderen Jungen zu irgendetwas zu ermuntern, was garantiert nur in dem Kopf von diesem Jungen stattfindet und nicht etwa in meinem.

Ja, es dauert, bis man wirklich alle störenden Ecken gerundet hat. Aber so ist das eben, wenn man vorhat, lange zusammen zu sein. Das ist genauso wichtig mit Dodo wie mit Javi.

Und was dieses Thema angeht, ist es ja oft Javi selbst, der auf jedes Lächeln von einem Mädchen anspringt und sich einbildet, dass die nun gleich mit ihm zusammen sein will. Was ja wohl wirklich albern ist. Denn, auch wenn Javi sensationell gut aussieht, will echt nicht jedes Mädchen, das mit ihm redet, gleich was von ihm. Und dass das eben nicht so ist, das ist ja kein großes Ding – no es para tanto! Da muss man nicht gleich Minderwertigkeitskomplexe kriegen.

Das fand mein allerliebster Javi zum Glück irgendwann auch und grinste. »Carrrramba, du hast vermutlich rrrecht! Manchmal bin ich vielleicht ein kleiner burro – ein Esel!«

»Ein total lieber Esel«, hab ich gesagt und ihn ganz fest gedrückt.

»Ich glaub, irgendwas hat endlich bei mir klick gemacht«, hat Javi zum Abschied gesagt und mir einen Kuss gegeben. »Tessa-Tiarrra, mi corazón, mein Herz, du bist das tollste Mädchen, das ich je getrrroffen habe. Und das klügste.«

Bingo!

Denn das stimmt ja wohl! Dodo und ich sind einfach die Besten, hihihi!

~ 24 ~

Sonne, Strand und Alpakaküsse

Der Ausflug zum Meer ist der schönste Tag, den wir bisher in Cornwall hatten.

Livory, Tim, Javier, Ramón, Dodo, ich und dieses Mal auch Robert wandern mit Alfie, Poppy, Misty und fünf anderen Alpakas zu Fuß zu der versprochenen privaten Bucht.

Über zwei Stunden dauert allein der Hinweg. Aber auch wenn mir schon nach der Hälfte der Strecke die Füße wehtun, genieße ich jede Minute. (Bei diesem tollen Wetter hab ich natürlich meine schicken, luftigen High Heels an. Wann sonst sollte ich sie tragen? Okay, Turnschuhe wären vielleicht auch eine Alternative gewesen.)

Die Sonne knallt schon am Morgen heiß auf die

dunkelgrünen Wiesen. Wir kommen an etlichen Cottages vorbei, neben denen Magnolien in allen Farben blühen. An den Waldrändern wächst wilder Knoblauch und auf den kleinen Wegen zwischen den Feldern leuchten rote Mohnblumen. Zwischen vereinzelten weißen Buschwindröschen und lila Nesseln stehen knallgelbe Goldruten. Kann irgendeine Landschaft paradiesischer sein? Kann irgendein Urlaub erholsamer sein?

Ich kann mich gar nicht sattsehen.

»Die knalligen Farben sind der einzige Vorteil, wenn man in einem Land mit viel Regen lebt«, lacht Robert.

»Ja, das haben wirrr bei uns in Spanien nicht«, nickt Ramón. »Bei uns ist ab Juni alles gelb. Das hierrr ist wirrrklich beeindrruckend.«

»Am Anfang hat mich der viele Regen in England gestört«, verrät uns Robert. »Doch das Wetter ändert sich gerade hier im Westen so schnell, dass kaum ein Tag vergeht, an dem nach viel Regen nicht doch irgendwann wieder strahlend blauer Himmel zu sehen ist.«

»Ach, ich glaube, in Cornwall könnte ich leben!«, seufzt auch Dodo, während sie gerade das gefühlt fünfzigste Mal recht unsanft von Poppy zu Boden gerissen wird. Nämlich immer dann, wenn Poppy ihren Kopf auf dem langen Hals ruckartig nach unten senkt und beschließt, sich ein paar der Blümchen am Wegesrand zum Naschen zu gönnen.

Doch auch das scheint Dodo schon lange nicht mehr zu stören.

Als wir eine kleine Pause machen, lehne ich mich sanft gegen Alfie und kraule ihn am Kopf. Dort, wo er es besonders gerne mag.

Als Zeichen seiner Dankbarkeit reckt Alfie seine Schnute zu meinem Gesicht hoch. Und – HUCH? – hat er mich gerade geküsst?

Hach, ich fürchte, ich werde mein kleines Zottelmonster vermissen, wenn wir wieder zu Hause sind. Wir sollten vielleicht wirklich Iris und Cornelius bitten, in den nächsten Ferien noch mal herzukommen. Wenn wir alle wieder auf dem Hof mithelfen, ist das ja sogar für unsere riesige Familie gar nicht teuer.

Ich glaube fast, Alfie wird mich auch vermissen. Sogar Sally hat gesagt, dass er noch nie so verliebt in jemanden war wie in mich, hihihi!

Na ja, verliebt ist er bestimmt ja nicht so richtig. Ich bin ja kein Alpaka-Mädchen. Aber Alfie hat natürlich Geschmack, das muss man sagen!

Javi hat sein Alpaka für einen Moment Ramón in die Hand gedrückt und kommt zu mir rüber. Doch da hat er nicht mit Alfie gerechnet.

Ob Alfie wohl denkt, dass diese morgendlichen Spaziergänge ganz allein ihm gehören? Beziehungsweise, dass für diese Zeit ICH ihm ganz allein gehöre? Er kann schon ziemlich doll drängeln, wenn er nicht will, dass ich meine Aufmerksamkeit jemand anderem schenke.

»Der ist ja richtig eifersüchtig!«, sagte Sally heute Morgen, als Poppy auch mal von mir gekrault werden wollte und dafür von Alfie mit einem zischenden Laut direkt in ihr Gesicht belohnt wurde. »So hab ich ihn noch nie gesehen.«

Auch jetzt fängt er sofort an, schlechtlaunig zu trippeln, als Javier näher kommt. Und dann zu drängeln. Doch als Javi entschieden zurückdrängelt, da reicht es meinem eifersüchtigen Alfie anscheinend.

»Pffffiiiiiiii!«, kommt ein erster drohender Ton aus seiner Kehle.

Dummerweise ignoriert Javier diese Warnung und streckt ungerührt seine Hand in meine Richtung. Vermutlich, um mir liebevoll über mein Gesicht zu streichen.

Und – ZISCH – hat Javi eine volle Ladung Alpaka-Spucke in *seinem* Gesicht.

Ich halte erschrocken die Luft an. »Javi, alles okay? Hat das wehgetan?«

»Iiiiiiiiiiih!«, fiept Javi fast so gut wie Alfie. »Das ist ja e-kel-haft!«

Alfie guckt, als hätte er nicht die leiseste Ahnung, warum Javi so rumzetert. Mit einem kleinen Lächeln auf den Lippen widmet er sich den langen Gräsern neben ihm, als ginge ihn der Rest nichts an.

Und da muss ich doch lachen. Oh ja, und wie ich Alfie vermissen werde!

Eine gute Stunde (und etwa fünf Blasen) später stehen wir auf einer hohen, mit Moos und Farnen bewachsenen Felskuppe. Vor uns das weite Meer.

Als wir vorsichtig runter zum Strand lugen, sehen wir unten einen langen Tisch aufgebaut und lauter kleine Punkte, die jetzt hüpfen und zu uns hochwinken. Iris, Cornelius, Sally, Rema, Kenny, Malea und Walter Walbohm sind samt Aurora und Hugo mit unserem großen Siebensitzer hierhergefahren. Mit Klapptisch und Riesenpicknick. Es sieht so aus, als kämen wir genau zum richtigen Zeitpunkt.

Okay, zwei Punkte hüpfen eher weniger, winken dafür aber noch doller – Rema und Walter Walbohm, seit gestern nur noch das *Avocado-Pärchen* genannt. Cornelius dagegen winkt bloß einarmig, hüpft aber ungebrochen heftig. Trotz Gipsarm.

Ach, ich hab meine Familie total lieb!

»Tessiiie, Liviiii, Gregoryyyy, Javiiiii …«, brüllt der kleinste Punkt und rennt auf den schmalen, steilen Weg zu, der hoch zu uns aufs Plateau führt.

Und da muss ich plötzlich an noch einen anderen Punkt denken. An einen ehemals winzig kleinen, der jetzt aber schon ganz ordentlich an Größe gewonnen hat: Baby fünf. Es sitzt in Iris' Bauch und wird, wenn alles gut geht, kurz nach Weihnachten geboren werden. Werden wir eine kleine Schwester bekommen? Oder einen kleinen Bruder?

Ich sehe, wie Javi neben mir schon seine Arme ausbreitet, um meine NOCH kleinste Schwester, die im Raketentempo hier hochgerast ist, hochzuheben und zur Begrüßung herumzuwirbeln.

Kenny ist ganz vernarrt in Javi. Ich lächele. Das kann ich gut verstehen. Das bin ich nämlich auch, hihi!

Natürlich werden Javi und ich immer mal wieder Probleme kriegen. Doch das meiste sind einfach Missverständnisse. Es gibt so viele Missverständnisse auf der Welt. Wie gut, dass Javi und ich diese kleinen Ungereimtheiten *zwischen uns* eine nach der anderen aus dem Weg räumen!

Dodo und ich wissen sehr genau, dass wir berufen sind, Erfolg zu haben. Und auch das ist ein Grund, warum ich mit Javi noch nicht allzu eng zusammen sein möchte. Auch wenn ich ihn so liebhab, wie niemanden sonst. Denn erst wollen Dodo und ich unser volles Potenzial entfalten.

Merkwürdigerweise habe ich allerdings mehr und mehr das Gefühl, dass das vielleicht gar nicht unbedingt in einem Penthouse in New York stattfinden muss. Vielleicht kann das auch auf einer Alpaka-Farm mitten im wilden Cornwall sein? Kajalstiftklar, ich werde natürlich immer eine erfolgreiche Geschäftsfrau sein! Aber was bedeutet eigentlich *erfolgreich*?

Viel Geld in den größten Städten der Welt zu verdienen? Oder zuzusehen, wie ein freches Alpaka vor Freude anfängt, im Stall hin und her zu drängeln, bloß, weil du es morgens begrüßt? Denn ist man nicht dann wirklich erfolgreich, wenn man es geschafft hat, seine eigenen Träume und Wünsche zu leben? Und was sind eigentlich *meine* Träume und Wünsche?

Ich merke – obwohl Dodo und ich ja so zielgerichtet sind und hart arbeiten und genau wissen, dass wir erfolgreich sein werden –, ja, ich merke, dass ich trotzdem gar nicht so richtig weiß, was meine Träume und Wünsche wirklich sind.

Hm, vielleicht sollten Dodo und ich ein bisschen mehr über Alpakas lesen. Vielleicht könnten wir auch mal so einen Hof …?

Ich schaue auf den endlosen, blaugrün schimmernden Horizont und überlege einen Moment …

Und – Bingo! – sofort kommen mir die genialsten Ideen.

Wenn gestresste Städter auf Farmen Urlaub machen, um mit Alpakas spazieren zu gehen, wie sehr würden die sich erst entstressen können, wenn sie zudem noch ein paar Beauty-Anwendungen genießen könnten?

Oh, und da explodieren die Ideen in meinem Kopf geradezu! Da könnte man ja soooo viel machen. Aufregend! Ich muss unbedingt heute Abend mit Dodo darüber reden.

Als Kenny jetzt jauchzend in Javis Armen hängt, frage ich mich, ob Javi und ich irgendwann auch mal Kinder haben werden. Möglich. Warum nicht? Vielleicht in zwanzig Jahren oder so. Ich bin ja erst sechzehn. Wir haben noch unendlich viel Zeit. Und die möchte ich genießen. Mit meiner supertollen und total verrückten Familie. Und mit Javi und Dodo und Ramón.

War ich schon jemals so glücklich wie gerade jetzt – hier vor dem endlosen Meer mit einem strubbeligen Alpaka an der Hand? Keine Ahnung. Jetzt jedenfalls bin ich es.

Oh, ich könnte todo el mundo – die ganze Welt – umarmen!

Foto: © Sean Aaron Mueller

DAGMAR H. MUELLER studierte Germanistik und Sportwissenschaften auf Lehramt, merkte aber schnell, dass ihr Traumberuf das Schreiben war.
In den letzten zwanzig Jahren sind von ihr über hundert Bücher erschienen (z. T. unter Pseudonym), von denen viele in andere Sprachen übersetzt wurden und Preise gewannen. Seit vielen Jahren lebt, schreibt und wandert sie (leider ohne Alpaka, dafür aber mit Hund) im weiten Westen Englands und freut sich, dass jetzt endlich auch die Chaosschwestern diese schöne Ecke der Welt entdecken dürfen.
Besuchen Sie Dagmar H. Mueller auf ihrer Homepage unter www.dagmar-h-mueller.de und auf Facebook.

Foto: © Privat

FRANZISKA HARVEY hat bereits mehr als hundert Bücher für verschiedene Verlage illustriert, darunter zahlreiche Bestseller. Ihr charakteristischer Tuschestrich verleiht den Geschichten einen liebevoll-witzigen, poetischen Zauber.

Mehr von den Chaosschwestern in:

Die Chaosschwestern legen los! (Band 1)
Die Chaosschwestern sind unschlagbar! (Band 2)
Die Chaosschwestern starten durch! (Band 3)
Die Chaosschwestern voll im Einsatz! (Band 4)
Die Chaosschwestern sind die Größten! (Band 5)
Die Chaosschwestern gegen den Rest der Welt! (Band 6)
Die Chaosschwestern leben wild! (Band 7)
Die Chaosschwestern ganz geheim! (Band 8)
Die Chaosschwestern geben alles! (Band 9)

Dagmar H. Mueller

Die Chaosschwestern

Die Chaosschwestern legen los!
Band1, 256 Seiten, ISBN 978-3-570-22224-9

Die Chaosschwestern sind unschlagbar!
Band 2, 256 Seiten, ISBN 978-3-570-22231-7

Die Chaosschwestern starten durch!
Band 3, 240 Seiten, ISBN 978-3-570-22357-4

Die Chaosschwestern voll im Einsatz!
Band 4, 240 Seiten, ISBN 978-3-570-22463-2

Die Chaosschwestern sind die Größten
Band 5, 240 Seiten, ISBN 978-3-570-15431-1

Die Chaosschwestern gegen den Rest der Welt
Band 6, 240 Seiten, ISBN 978-3-570-15614-8

Die Chaosschwestern leben wild!
Band 7, 240 Seiten, ISBN 978-3-570-15615-5

Die Chaosschwestern ganz geheim!
Band 8, 256 Seiten, ISBN 978-3-570-15720-6

Die Chaosschwestern geben alles!
Band 9, ca. 250 Seiten, ISBN 978-3-570-15721-3

10170_9

cbj
www.cbj-verlag.de

Thomas Winkler

Luis und Lena – Die Zahnlücke des Grauens

ca. 224 Seiten, ISBN 978-3-570-17749-5

Nach seinem ersten Eishockey-Versuch hat Luis (12) einen Zahn weniger und dafür eine völlig durchgeknallte Zahnfee an der Backe, sichtbar nur für ihn. Dabei glaubt er doch gar nicht an solch unwissenschaftlichen Firlefanz! Die zornige »Zafezupro« (Zahnfee zur Probe) hat ein Problem: Sie braucht Luis' Zahn, sonst ist sie ihre Lizenz für immer los. Aber der ausgeschlagene Beißer wird als Trophäe von den »Wildschweinen« verwahrt – jener Clique, in die Luis nur zu gern aufgenommen würde. Als ihm seine Mitschülerin Lena zu Hilfe kommt, schöpft er Hoffnung. Vielleicht wird er die peinliche Fee doch noch los und Mitglied der »Wildschweine« ...

10433

cbj

www.cbj-verlag.de

Usch Luhn

Mein Birkensommer

192 Seiten, ISBN 978-3-570-17738-9

Am Zeugnistag ist Emmy im Glück: Sie hat in Englisch die volle Punktzahl erreicht! Das war die Bedingung für eine Reise nach New York mit ihrem Vater. Neben den coolen Programmpunkten wie Freiheitsstatue, Central Park und Empire State Building freut sich Emmy besonders auf die gemeinsame Zeit allein mit ihrem Vater. Der wohnt seit einigen Monaten nicht mehr bei Emmy und ihrer Mutter, sondern bei seiner schwangeren Freundin ... Emmy ist schon am Kofferpacken, als ihr Vater die New-York-Reise absagt, weil es bei seiner Freundin Komplikationen gibt. Emmy fühlt sich verraten! Der von ihrer Mutter eiligst organisierte „Ersatz-Urlaub“ nach Finnland droht zur Katastrophe zu werden ...

10432

cbj

www.cbj-verlag.de